小说家的散文

贾平凹 著

写给母亲

河南文艺出版社
·郑州·

作者简介

　　贾平凹,作家,1952 年生于陕西省丹凤县棣花镇。现任中国作家协会副主席、陕西省作家协会主席。主要作品有长篇小说《浮躁》《废都》《秦腔》《古炉》《带灯》《老生》《极花》《暂坐》等,中、短篇小说《黑氏》《天狗》《五魁》等,散文《丑石》《定西笔记》等。作品曾获得茅盾文学奖、鲁迅文学奖、全国优秀短篇小说奖、全国优秀中篇小说奖、香港红楼梦·世界华文长篇小说奖,以及美国美孚飞马文学奖、法国费米娜文学奖等五十余种奖项。作品被翻译出版为英、法、德、俄、日、韩、瑞典、意大利、西班牙等三十余种外文。

目录

辑二

辑四

辑五

辑六

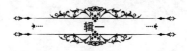

辑一

写给母亲

　　人活着的时候，只是事情多，不计较白天和黑夜。人一旦死了日子就堆起来：算一算，再有二十天，我妈就三周年了。

　　三年里，我一直有个奇怪的想法，就是觉得我妈没有死，而且还觉得我妈自己也不以为她就死了。常说人死如睡，可睡的人是知道要睡去，睡在了床上，却并不知道在什么时候睡着的呀。我妈跟我在西安生活了十四年，大病后医生认定她的各个器官已在衰竭，我才送她回棣花老家维持治疗。每日在老家挂上液体了，她也清楚每一瓶液体完了，儿女们会换上另一瓶液体的，所以便放心地闭了眼躺着。到了第三天的晚上，她闭着的眼再没有睁开，但她肯定还是认为她在挂液体了，没有意识到从此再也不会醒来，因为她躺下时还让我妹把她擦脸的毛巾给洗一洗，梳子放在了枕边，系在裤带上的钥匙没有解，也没有交代任何后事啊。

　　三年以前我每打喷嚏，总要说一句：这是谁想我呀？我妈爱说笑,就接茬说:谁想哩,妈想哩! 这三年里,我的喷嚏尤其多,往往错过吃饭时间,熬夜太久,就要打喷嚏,喷嚏一打,便想到我妈了,认定是我妈还在牵挂我哩。

我妈在牵挂着我,她并不以为她已经死了,我更是觉得我妈还在,尤其我一个人静静地待在家里,这种感觉就十分强烈。我常在写作时,突然能听到我妈在叫我,叫得很真切,一听到叫声我便习惯地朝右边扭过头去。从前我妈坐在右边那个房间的床头上,我一伏案写作,她就不再走动,也不出声,却要一眼一眼看着我,看的时间久了,她要叫我一声,然后说:世上的字你能写完吗?出去转转去。现在,每听到我妈叫我,我就放下笔走进那个房间,心想我妈从棣花来西安了? 当然是房间里什么也没有,却要立上半天,自言自语我妈是来了又出门去街上给我买我爱吃的青辣子和萝卜了。或许,她在逗我,故意藏到挂在墙上的她那张照片里,我便给照片前的香炉里上香,要说上一句:我不累。

整整三年了,我给别人写过十多篇文章,却始终没给我妈写过一个字,因为所有的母亲,儿女们都认为是伟大又善良,我不愿意重复这些词语。我妈是一位普通的妇女,缠过脚,没有文化,户籍还在乡下,但我妈对于我是那样的重要。已经很长时间了,虽然再不为她的病而提心吊胆了,可我出远门,再没有人啰啰唆唆地叮咛着这样叮咛着那样,我有了好吃的好喝的,也不知道该送给谁去。

在西安的家里,我妈住过的那个房间,我没有动一件家具,一切摆设还原模原样,而我再没有看见过我妈的身影。我一次又一次难受着给自己说,我妈没有死,她是住回乡下老家了。今年的夏天太湿太热,每晚被湿热醒来,恍惚里还想着该给我妈的房间换个新空调了。待清醒过来,又宽慰着我妈在乡下的新住处里,应该是清凉的吧。

三周年的日子一天天临近,乡下的风俗是要办一场仪式的,我准备着香烛花果,回一趟棣花了。但一回棣花,就要去坟上,现实告诉着我,妈是死了,我在地上,她在地下,阴阳两隔,母子再也难以相见,顿时热泪肆流,长声哭泣啊。

二〇〇八年八月十六日

纺车声声

如今，我一听见"嗡儿、嗡儿"的声音，脑子里便显出一弯残月来，黄黄的，像一瓣香蕉似的吊在那棵榆树梢上；院子里是朦朦胧胧的，露水正顺着草根往上爬；一个灰发的老人在那里摇纺车，身下垫一块蒲团，一条腿屈着，一条腿压在纺车底杆上，那车轮儿转得像一片雾，又像一团梦，分明又是一盘磁带了，唱着低低的、无穷无尽的乡曲……

这老人，就是我的母亲，一个没有文化的、普普通通的山地小脚女人。

那年月，正是"文化大革命"中期，我刚刚上了中学，当校长的父亲就被定为"走资派"，拉到远远的大深山里"改造"去了。那是一座原始森林林场，方圆百里是高山，山上是莽林，穿着"黑帮"字样衣服的"改造者"，在刺刀的监督下，伐木，运木，运木，伐木；即便是偶尔逃跑出来了，也走不出这林海就会饿死的。这是后

6

话,都是父亲后来告诉我的。他在那里"改造"了七年。七年里,家里只有母亲、我,和一个弟弟、两个妹妹。没有了父亲的工资,我们兄妹又都上学,家里就苦了母亲。她是个小脚,身子骨又不硬朗,平日里只是洗、缝、纺、浆,干一些针线活计。现在就只有没黑没明地替人纺线赚钱了。家里吃的、穿的、烧的、用的,我们兄妹的书钱,一应大小开支,先是还将就着应付,麦里遭旱后,粮食没打下,日子就越发一日不济一日了。我瞧着母亲一天一天头发灰白起来,心里很疼,每天放学回来,就帮她干些活儿:她让我双手扩起线股,她拉着线头缠团儿。一看见她那凸起的颧骨,就觉得那线是从她身上抽出来的,才抽得她这般的瘦;尤其不忍看那跳动的线团儿,那似乎是一颗碎了的母亲的心在颤抖啊!

我说:"妈,你歇会儿吧。"

她总给我笑笑,骂我一声:"傻话!"

夜里,我们兄妹一觉睡醒来,总听见那"嗡儿、嗡儿"的声音,先觉得倒中听,低低的,像窗外的风里竹叶,又像院内的花间蜂群,后来,就听着难受了,像无数的毛毛虫在心上蠕动。我就爬起来,说:"妈,鸡叫二遍了,你还不睡?"

她还是给我笑笑,说:"棉花才下来,正是纺线的时候。前日买了五十斤苞谷,吃的能接上秋了。可秋天过去,你们又是一个新的学期呀……"

我想起上一学期,我们兄妹一共是二十元学费,母亲东借西凑,到底还缺五元。学校里硬是不让我报名,母亲急得发疯似的,嘴里起了火泡,热饭吃不下去,后来变卖了家里一只铜洗脸盆,我才上了学,已经是迟了一星期了。现在,她早早就做起了准备……

我就说:"妈,我不念了,回来挣工分吧!"

她好像吃了一惊,纺车弦一紧,正抽出的棉线"嘣"的一声断了,说:"胡说!起了这个念头,书还能念好?快别胡说!"

我却坐起来,再说:"念下去有什么用呢?毕了业还不是回来当农民?早早回来挣工分,我还能养活你们哩!"

母亲呆呆地瓷在那里了,好久才说:"你说这话,刀子扎妈的心。你不念书了,叫我怎么向你爸交代呀?"

一提起爸爸,她就伤心了,大颗大颗的眼泪滚下来。我看得害怕了,就再不敢说下去,赶忙向她求饶:"妈,我再不敢说这话了,我念,我一定好好念。"

她却扑过来,紧紧地搂住了我,搂得那么紧,好像我是一块冰,她要用身子暖化成水儿似的。油灯芯跳了几下,发出了土红色,我要爬过去添油,她说:"孩子,别添了。妈听你的,妈要睡呀。"

这一夜,她一直搂着我。

秋里雨水很旺,庄稼难得的好长势,可谁也没有料到,谷子饱仁的节候,突然一场冰雹,把庄稼全都砸趴到泥里去了。收成没了指望,母亲做饭更难了。一天三顿,半锅水下一小瓢儿米面,再煮一把豆子。吃饭时,她总是拿勺捞着豆子倒在我们碗里,自己却撇上边的汤喝;我们都夹着豆子要让她吃,她显得很快活,却总是说:"我是嫌那有豆腥气,吃了反胃的。"

母亲那时是真有胃病的;可我们却傻,还以为她说的是实情哩。

日子是苦焦的,母亲出门,手就总是不闲,常常回来口袋里装些野菜,胳膊肘下夹一把两把柴火。我们也就学着她的样,一放学回来,沿路见柴火就捡,见野菜就挑,从那时起,我才知道能吃的菜很多:麦瓜龙呀,芨芨草呀,灰条、水蒿的。

这一天傍晚,我和弟弟挑了一篮子灰条,高高兴兴地回来,心想母亲一定要表扬我们了,会给我们做一顿菜团团吃了。可一进门,母亲却趴在炕上呜呜地哭。我们全都吓慌了,跪在她的身边,不知道发生了什么事。她突然一下子把我们全搂在怀里,问:"孩子,想爸爸吗?"

"想。"我们说,心里咚咚直跳。

"爸爸好吗?"

"好。"我们都哭开了。

"你们不能离开爸爸,我们都不能离开爸爸啊!"她突然大声地说,并拿出一封信来。我一看,是爸爸寄来的,我多么熟悉爸爸的字呀,多少天来,一直盼着爸爸能寄来信,可是这时,我却害怕了,怕打开那封信。

母亲说:"你五叔已经给我念过了,你再念一遍吧。"

我念起来:"龙儿妈:我是多么想你们啊!我写给你们几封信,全让扣压了,亏得一位好心的看守答应把这封信给你们寄去……接到信后,不要为我难过,我一切都好。

"算起来,夫妻三十年了,谁也没料到这晚年还有那么大的风波!我能顶住,我相信党,也相信我个人。活着,我还是共产党的人,就是死了,历史也会证明我是共产党的鬼。可是现在,我却坑害了你们。我知道你和孩子正受苦,这是使我常常感到悲痛的事,但你们要活下去,而且要活得好!所以,我求你们忘掉我,龙儿妈,咱们还是离了婚好……"

我哇的一声哭了,弟弟妹妹也哭了起来,母亲却一个一个地拉起我们说:"孩子,不要哭,咱信得过你爸爸,他就是坐个十年八年牢,咱等着他!龙儿,你给你爸爸回封信吧,你就说:咱们能活下去,黄连再苦,咱们能咽下!"

母亲牙齿咬着,大睁着两眼,我们都吓得不敢哭了,看着她的脸,像读着一本宣言。母亲的那眼睛,那眉峰,那嘴角,从那以后,就永生永世地刻在我的心上了。

这天夜里,天很黑,半夜里乌云吞了月亮,半空中响着雷,电也在闪,像魔爪一样在撕抓着,是在试天牢不牢吗?母亲安顿我们睡下了,她又坐在灯下纺起线来。那纺车摇得生欢,手里的棉花无穷无尽地抽线……鸡叫二遍的时候，又一阵炸雷，她爬过来，就悄悄地坐在我们身边，借着电光，端详起我们每一张脸，替我们揩去脸上的泪痕。当她给我揩泪的时候，我终忍不住，眼泪从闭着的眼皮下簌簌流下来，她说："你还没睡着？"

我爬起来，和母亲一块儿坐在那里。母亲突然流下泪来，说："咳，孩子，你还不该这么懂事的呀！"

我说："妈，你儿子已经长大了哩！"

母亲赶忙擦了擦眼泪说："孩子，我有一件事想给你说，我作难了半夜，实在不忍心，可也只有这样了。今年年景不好，吃的、烧的艰难，我到底是妇道人家，拿不来多少；你爸不在，弟弟妹妹都小，现在只能靠得上你了，你把书拿回来抽空自学吧，好赖一天挣些工分，帮我一把力吧。"

我说："我早该回来了，你别担心，我挣工分了，咱日子会好过哩。"

从此，我就退学务农了。生产队给我每天记四分工，算起来，每天不过挣了二角钱，但我总不白叫母亲养活了！母亲照样给人纺线，又养了猪，油、盐、酱、醋，总算还没断过顿的。

但是，这年冬天，母亲的纺车却坏了。先是一个轮齿裂了，母亲用铁丝缠了几道箍，后来就是杆子也炸了缝，一摇起来，就呱啦呱啦响，纺线没有先前那么顺手了：往日一天纺五两，现在只能纺三两。母亲很是发愁，我也愁，想买一辆新的，可去木匠铺打问过了,一辆新纺车得十五元。这十五元在哪儿呢?

这一天,我偷偷跑上楼,将父亲藏在楼角的几大包书提了下来,准备拿到废纸收购站去卖了。提着正要出门,母亲回来了,问我去干啥,我说卖书去,她脸变了,我赶忙说:"卖了,能凑着给你买一辆新纺车啊……"

母亲一个巴掌就打在我的脸上,骂道:"给我买纺车?我那么想买纺车的?!唵!"

"不买新的,纺不出线,咱们怎么活下去呀?"我再说。

"活?活?那么贱着活?为啥全都不死了?!"她更加气得浑身发抖,嘴唇乌青,一只手死死抓着心口。我知道她胃疼又犯了,忙走近去劝她,她却抓起一根推磨棍,向我身上打来,我一低头,忙从门道里跑出来,她在后边骂道:

"你爸一辈子,还有什么家当?就这一堆书,他看得命样重,我跟了他三十年,跑这儿调那儿,我带过什么?就这一包袱一包袱背了书走!如今又为这书,你爸被人绳捆索绑,我把它藏这儿藏那儿,好不容易留下来,你却要卖?你爸回来了还用不用?你是要杀你爸嘛!"

听了母亲的话,我才知道自己错了。我不敢回去,跑到生产队大场上,钻在麦秸堆中呜呜地哭了一场。哭着哭着,便睡着了,一觉醒来,竟是第二天早上了,拍打着头上的麦草,就往回走。

才进巷口,弟弟在那里嘤嘤哭泣,一见我,就喜得不哭了,给我笑笑，却又哭开了，说："昨天晚上，全家人到处找你，崖沟里看了，水塘里看了，全没个影子，母亲差不多快要急疯了，直着声哭了一夜，头在墙上都撞烂了。"

"哥哥，你快回去吧，你一定要回去！"

我撒腿就往回跑，跪在母亲面前，让她狠狠骂一顿、打一顿，但是，母亲却死死搂住我，让我原谅她，说她做妈的不好。

中午，隔壁刘五叔到家里来，给我们送了半口袋苞谷面。他是一位老实庄稼人，常常来家里走动，说他历史清白，世代贫农，到"黑帮"家里来，不怕被开除了农民籍。他问了父亲的近况，叹息了一番，就和母亲唠叨起家常，说到今年的收成，说到柴火茶饭，末了，就说起买纺车的事，他便出了主意：让我进山砍柴去卖吧。柴价上涨，一次砍五六十斤吧，也可以卖到两元钱哩。母亲先是不同意，我在旁紧紧撺掇，她沉吟了一会儿，说：

"他五叔，这行吗？孩子太嫩啊，有个三长两短，我对得起他爸吗？"

五叔说："这有什么办法呢？总要活呀！你放心吧，孩子交给我，我护着他，包没甚事的。"

母亲总算同意了，就帮我收拾了背笼、砍刀，天一黑，早早催我去睡了。半夜里，她摇我醒来，炕头上已放了碗热腾腾的糊涂饭，说是吃早饭。我怨她做饭做得稠，她说这是去出力呀，可不比平日。我给她盛了一碗，她硬不吃，逼紧了，扒拉两口，却把弟弟妹妹全摇醒，分给他们吃了。末了，我和五叔出门，她给我装了一手巾烤洋芋，一直送着出了村，千叮咛万嘱咐了一番，方才抹着泪回去了。

在山上砍柴，实在不是件轻松事，我们弯弯曲曲地在河沟钻了半夜，天放亮的时候，才赶到砍柴地方。我们将干粮压在石板底下，五叔说，这样才不会让老鸹叼走的，就爬上崖去砍那些枯蒿野棘。崖很陡，我总是爬不上去，五叔拉我上去了，我却害怕得挪不开脚来。一棵野棘没有砍倒，手上就打了血泡，衣服也划破了，五叔就让我别砍了，他身子贴在崖壁上，砍得很是凶，满山满谷都是回音。我帮他整理柴堆，整到一块儿了，他捆成捆儿，就从山上推下沟去了。中午的时候，我们便溜下沟，拾掇了背笼，吃了干粮，欢天喜地地往回赶了。

回来的路显得比去时更长，走不到几程，小腿就哗哗直抖，稍不留神，就会跪倒下去了。路是顺河绕的，时不时还要过河面上的列石：走一步，心就在喉咙处跳一下；我一步一颠地，好容易过了最后一块列石，使劲往岸下一蹲，没想一步没踩稳，便扑通倒下了。五叔忙过来拉我，好容易从柴堆下爬起来，腿却碰破了，血水往外流。五叔就在山上薅一把蓖蓖芽草，在嘴里嚼烂了，敷在上面。血是不流了，但疼得厉害，五叔就让我只身走，他将两个背笼来回转背着。我看着心里不安，硬嚷着要背，他便让我背了在后边慢慢走，他将他的背笼背一程了，回来再接我。这样一直到了

14

太阳西下，我们总算钻出了山沟，离家只有八里路了吧。我心里很高兴，时不时抬头看看前边：过了这个村，到了哪个庄呢？离家还有多远呢？这一次刚一抬头，就看见前边走来一个人，背着一个空背笼，头发被风刮披在后肩，样子很是单薄。啊，这不是母亲吗？我大声叫道："妈！妈——"

果然是母亲！她是来接我的。一看见我背了这么多的柴，喜欢得什么样的，再一见我腿上的伤，眼泪就流了下来。我说："妈，这一定有六十斤哩，可以卖两元钱哩，再去砍上五六次，就可以买个新纺车了哩！妈，你也应该高兴呀！"

母亲就对我努力地笑笑，分了一半柴背了，娘儿俩一路有说不完的话。

这背笼柴，第三天的集市上便卖了，果然卖了两元钱。一家人捏着那票子，一张一张蘸着唾沫数了，又用红布包了，压在箱子底里。打这以后，打柴给了我希望和力量，差不多隔三天就进一次山。头几次倒要五叔照顾，后来自己也练出来了。柴打回来，是我最有兴致的时候，总是不歇，借杆秤称了，一根一根在门前垒齐了，就给母亲和弟妹讲山上的故事。我讲多久，他们就听多久。

就在那月底，我们全家人都到木匠铺去，买回来了一辆新的纺车。最高兴的莫过于母亲了，她显得很年轻，脸上始终在笑着，把那辆纺车一会儿放在中堂上，一会儿又搬到炕角上，末了，又移到院中的榆树下去纺。她让我给爸爸写信，告诉他这是我的功劳,说孩子长大了,真的长大了,让他什么也别操心,好好珍重身子,将来回来了,儿子还可以买个眼镜给他,晚上备课就不眼花了。最后,硬要弟弟、妹妹都来填名,还让我握着她的手在信上画了字。

这一次,她在新纺车上纺了六两线,那"嗡儿、嗡儿"的声音,响了一天半夜,好像那是一架歌子,摇摇任何地方都能发出音乐来的。

母亲的线越纺越多,家里开始有了些积攒,母亲就心大起来,她跟邻居借了一架织布机,织起布来卖了。终日里,小院子里一道一道的绳子上,挂满了各色二浆线;太阳泛红的时候,就喜欢经线、线筒一摆儿插在那里,她牵着几十个线头,魔术似的来回拉着跑,那小脚颠颠的,像小姑娘一样快活了。晚上,机子就在门道里安好了,她坐上去,脚一踏,手一扳,哐里哐当,满机动弹——家里就又增加起一种音乐了。

母亲织的布,密、光,白的像一张纸,花的像画一样艳,街坊四邻看见了,没有一个不夸的。布落了机,就拿到集市去卖,每集都能买回来米呀,面呀,盐呀,醋呀,竟还给我们兄妹买了东西:妹妹是一人一面小圆镜,我和弟弟是一支钢笔。说以后还要再买些书,让我们好好自学些文化。

我照例还去砍柴。没想有一次砍了漆树,竟中了毒,满脸满身长出红疹子,又肿起来,眼睛都几乎看不见了。不几天,弟弟妹

16

妹和母亲也中毒了,脸都肿得发亮。听人说,用韭菜水洗能洗好,母亲就到处找韭菜,熬了水一天三次给我们洗。可她,还是照样纺线,照样织布,当织完一匹布下来,她眼睛快肿成一个烂桃儿样了。我拿了这布去卖,没想,那集上来了民兵小分队,说是要刹资本主义妖风,就开始包围了集市检查。集市炸了,人们没命地惊跑,我抱了布慌慌张张跑进一个巷去,那巷却是条死巷,就叫小分队将布收走了。我哭着回来,又不敢回家,只坐在村口哭。母亲知道了,把我拉了回去,弟弟妹妹在家里也哭作一团,眼看太阳压山了,中午饭也没心思去做。母亲让弟弟做,弟弟说他不饿;让我去做,我说肚子发鼓胀。母亲叹了一口气,自己去舀水起火,但很快又从厨房出来,端了一盆韭菜水放在我们面前,说:"不许哭!都洗洗脸!"

我们都止了哭,洗了脸。

母亲就拉了我们向镇子上走去,一直走到镇中一家饭馆里,让我们坐了,买了五碗黏饭、一盘大肉、一盘豆腐、一盘粉条,说:"吃吧,孩子,这饭可香哩!"

我们都不吃,她就先吃起来,大口大口的,吃得很香;我们也就都吃起来,但觉得并不香。母亲问:"香吗?"弟弟摇摇头,我赶忙递过一个眼色,于是我们都齐声说:"好香。"

吃罢饭,母亲说她到民兵分队部去一趟,让我把弟弟妹妹领回去,再好好洗洗韭菜水。这一夜,她便没有回来,我们都提心吊胆的。第二天一早，她回来了，满脸的高兴，说她把布要回来了，可走到半路，就又出售了，接着就手揣在怀里，说："你猜，我给你买了什么？"

"烧饼！"我说。

"再猜。"她笑着说。

"帽子！"我想这一下一定猜对了。

母亲还是摇摇头，突然一亮手，原来是一本语文课本。她喜欢地说："孩子，日子能过得去了，就要把学习捡起来，要不爸爸回来了，看见一个校长的儿子是文盲，他会怎么个伤心呢？"

我说："学那有什么用场！"

她生气了："再不准你说这没出息的话！文化还有瞎的地方？"

我问起布是怎么还给的，她只笑笑，说句"我要的"，就罢了。后来我才打听到，原来母亲去要布时，人家百般训斥，拿难听的话骂她，她只是不走，人家就下令：要取回布，必须把分队部门前的一条排水沟挖通。她咬了咬牙，整整在那里挖了一夜……可她，我的好母亲，至今没有给我们说过这一段辛酸事。

有了笔，又有了书，一抽空，我就狠命地学习起来。每天晚上了，我要是看书，母亲就纺着线陪我；她要是纺线，我就看着书陪她。这样，分两处点油灯，煤油用得很费，母亲就把纺车搬到我的房间来纺，可那纺车"嗡儿、嗡儿"地响，她怕影响我，就又把纺车搬到院里的月光下去纺了。每当我看书看得身疲意懒,就走出门来,站在台阶上看母亲纺线,那"嗡儿、嗡儿"的响声,立刻让我浑身一震,脑子也就清醒多了,反身又去看书。

几乎就从那时起,我便坚持自学,读完了初中课程,又读完了高中课程,还将楼上父亲的那几大包书也读了一半。"四人帮"一粉碎,父亲"解放"回来了,那时他的问题才着手平反,我就报考了大学,竟被录取了。从此,我就带着母亲为我做的那套土布印花被子,来到了大城市,开始了新的生活,几年间,再没有见到我的母亲。

后来,父亲给我来了信,信上说:"我的问题彻底落实了,组织上给平了反,恢复了职务,又补发了二千元工资。但你母亲要求我将一千元交了党费,另一千元买了一担粮食,给救济过咱家的街坊四邻每家十元,剩下的五百元,借给生产队买了一台粉碎机。她的身体似乎比以前还好,只是眼睛渐渐不济了,但每天每晚还要纺线、织布……"

读着父亲的信,我脑子里就又响起那"嗡儿、嗡儿"的声音了。啊,母亲,你还是坐在那院中的月光底下,摇着那辆纺车吗?那榆树梢上的月亮该是满圆了吧?那无穷无尽的棉线,又抽出了你多少幸福的心绪啊,那辆纺车又陪伴着你会唱出什么新的生活之歌呢?母亲!

贺母寿

父亲过世后，我把母亲从乡下接到西安，和我一块儿住在西北大学的房子里。我平时忙，没时间陪她，她很快结识了另外一些老太太。

大学里有了一批老太太，都是从乡下来的，情况大致和我母亲一样，老伴死了，就同当教师的儿女生活。她们没有文化，不能在家安静地读书听音乐，常聚坐在校门内的喷水池台上聊天。

我让她们不要老坐在那里，因为这是大学校门口，不是村头的老槐树下也不是公园。她们听取了我的建议，以后是一日三次结对在校园内转悠。她们的长相、说话和衣着相差无几，而且横排着走，我笑着说：又视察啊?!

除了出去转悠和聊天，母亲最大的乐趣就是在家做饭，母亲做的饭菜我爱吃。但母亲永远是怕我饿着，每顿总是让我多吃。她知道我差不多的时候吃过一碗就放下了，便特意从街上买了三个大碗,每次盛饭都盛到特别满。

有一年的夏天,我生了病,母亲熬煎了几日。有一天从学校的花园里偷偷折了一根桃树条,回来压在我的枕下,说能辟邪。我看着母亲,突然发觉她的头发开始灰白了,我要把白发拔下来,母亲说:六十五岁的人了能没白头发! 我这才知道母亲六十五岁了。

父亲在世时,母亲从不让给她过寿的,我就不大清楚她到底多大岁数,知道生日是阴历七月,却不知道具体是哪一天,母亲说:"是二十八。"就又说:"初八十八不算八,二十八是个福疙瘩!"

母亲说的是乡谣,说得一脸的得意。我就决定,从这一年起一定要给母亲过寿的。

七十岁以前的生日,我是通知弟弟妹妹都从县上赶来,头一天晚上吃顿长寿面,第二天再上饭馆聚餐,各人给母亲磕头,买些衣服和首饰。到了七十大寿,原本还是一家人或一些亲戚来聚一聚,不料被一些朋友知道,需要给老太太热闹热闹,于是就在一个大餐厅摆了六七桌,祝寿场面布置得很有气氛。

母亲那一天很快乐,但嫌太花哨,又嫌害臊我的那帮朋友,说以后不要过寿了,到了八十岁了再说。

过了七十岁大寿,朋友们都知道老太太的生日时间了,一到阴历七月,就嚷着今年在哪儿过寿?

母亲说："要过也行，但不能人多。"

我一直控制着人数，就那么四桌五桌。人数不多，却讲究祝寿的地方，前几日就满城跑着看什么饭店名字好，先是在"高老庄舍"，再是在"文豪食府"，又在"福临酒家"。到了前年，得知城南有个"常宁宫"，去举办了一次，去年又到城东一家"万年饭店"举办一次。

到了今年，母亲生了一场大病，手术后一个多月又是七月了，寻来寻去，寻不着一个吉祥名的饭店，急得让朋友们分头打听。后来好了，有一个"悦洋饭店"里的大餐厅叫"万寿"，母亲七十岁的生日就在那儿过的。

给母亲过寿，亲戚朋友们都会送礼品的，我是每次要写个大红"寿"字，或是用大条幅写上一段祝母亲健康快乐的话。今年母亲坚强地渡过了难关，我该给她写什么呢？当一帮朋友来我家商量过寿的事，商量完了在客厅玩牌，我突然有了灵感，钻进了书房就画起了一张画。

这幅给母亲的画画得极其快，画好了连我也吃惊，认为是数年里最好的一幅。我想，这一定是天意，是母亲的功德，是神灵附了我体的。

二〇〇三年八月

我不是个好儿子

在我四十岁以后,在我几十年里雄心勃勃所从事的事业、爱情遭受了挫折和失意,我才觉悟了做儿子的不是。母亲的伟大不仅在于生下血肉的儿子,还在于她并不指望儿子的回报,不管儿子离她多远又回来多近,她永远使儿子有亲情、有力量、有根有本。人生的车途上,母亲是加油站。

母亲一生都在乡下,没有文化,不善说会道,飞机只望见过天上的影子。她并不清楚我在远远的城里干什么,唯一晓得的是我能写字,她说我写字的时候眼睛在不停地眨,就操心我的苦,"世上的字能写完?!"一次一次地阻止我。前些年,母亲每次到城里小住,总是为我和孩子缝制过冬的衣物,棉花垫得极厚,总害怕我着冷,结果使我和孩子都穿得像狗熊一样笨拙。她过不惯城里的生活,嫌吃油太多,来人太多,客厅的灯不灭,东西一旧就扔,说:"日子没乡下整端。"最不能忍受我们打骂孩子,孩子不哭,她却哭,和我闹一场后就生气回乡下去了。

母亲每一次都高高兴兴来,每一次都生了气回去。回去了,我并未思念过她,甚至一年一年的夜里不曾梦着过她。母亲对我的好是我不觉得了母亲对我的好,当我得意的时候我忘记了母亲的存在,当我有委屈了就想给母亲诉说,当着她的面哭一回鼻子。

母亲姓周,这是从舅舅那里知道的,但母亲叫什么名字,十二岁那年,一次与同村的孩子骂仗——乡下骂仗以高声大叫对方父母名字为最解气的——她父亲叫鱼,我骂她鱼,鱼,河里的鱼!她骂我:蛾,蛾,小小的蛾!我清楚了母亲是叫周小蛾的。大人物之所以为大人物,是名字被千万人呼喊。母亲的名字我至今没有叫过,似乎也很少听老家村子里的人叫过,但母亲不是大人物却并不失却她的伟大,她的老实、本分、善良、勤劳在家乡有口皆碑。现在有人讥讽我有农民的品性,我并不羞耻,我就是农民的儿子,母亲教育我的忍字,使我忍了该忍的事情,避免了许多祸灾发生,而我的错误在于忍了不该忍的事情,企图委曲求全却未能求全。

七年前,父亲做了胃癌手术,我全部的心思都在父亲身上。父亲去世后,我仍是常常梦到父亲,父亲依然还是有病痛的样子,醒来就伤心落泪,要买了阴纸来烧。在纸灰飞扬的时候,突然间我会想起乡下的母亲,又是数日不安,也就必会寄一笔钱到乡下去。寄走了钱,心安理得地又投入到我的工作中了,心中再也没有母亲的影子。老家的村子里,人人都在夸我给母亲寄钱,可我心里明白,给母亲寄钱并不是我心中多么有母亲,完全是为了我的心理平衡。而母亲收到寄去的钱总舍不得花,听妹妹说,她的钱没处放,一卷一卷塞在床下的破棉鞋里,几乎让老鼠做了窝去。我埋怨过母亲,母亲说:"我要那么多钱干啥?零着攒下了将来整着给你。你们都精精神神了,我喝凉水都高兴的,我现在又不至于喝着凉水!"去年回去,她真的要把积攒的钱给我,我气恼了,要她逢集赶会了去买个零嘴吃,她果然一次买回了许多红糖,装在一个瓷罐里,但凡谁家的孩子去她那儿了,就三个指头一捏,往孩子嘴里一塞,再一抹。孩子们为糖而来,得糖而去,母亲笑着骂着"喂不熟的狗!",末了就呆呆地发半天愣。

母亲在晚年是寂寞的,我们兄妹就商议了,主张她给大妹看管孩子,有孩子占心,累是累些,日月总是好打发的吧。小外甥就成了她的尾巴,走到哪儿带到哪儿。一次婆孙到城里来,见我书屋里挂有父亲的遗像,她眼睛就潮了,说:"人一死就有了日子了,不觉是四个年头了!"我忙劝她,越劝她越流下泪来。外甥偏过来对着照片要爷爷,我以为母亲更要伤心的,母亲却说:"爷爷埋在土里了。"孩子说:"土里埋下什么都长哩,爷爷埋在土里怎么不再长个爷爷?"母亲竟没有恼,倒破涕而笑了。母亲疼孩子爱孩子,当着众人面要骂孩子没出息,这般大了夜夜还要噙着她的奶头睡觉,孩子就羞了脸,过来捂她的嘴不让说。两人绞在一起倒在地上,母亲笑得直喘气。我和妹妹批评过母亲太娇惯孩子,她就说:

"我不懂教育嘛,你们怎么现在都英英武武的?!"我们拗不过她,就盼外甥永远长这么大。可外甥如庄稼苗一样,见风生长,不觉今年要上学了,母亲显得很失落,她依然住在妹妹家,急得心火把嘴角都烧烂了。我想,如果母亲能信佛,每日去寺院烧香,回家念经就好了,但母亲没有那个信仰。后来总算让邻居的老太太们拉着天天去练气功,我们做儿女的心才稍有了些踏实。

小时候,我对母亲的印象是她只管家里人的吃和穿,白日除了去生产队出工,夜里总是洗萝卜呀,切红薯片呀,或者纺线、纳鞋底,在门闩上拉了麻丝合绳子。母亲不会做大菜,一年一次的蒸碗大菜,都是父亲亲自操作的,但母亲的面条擀得最好,满村出名。家里一来客,父亲说:吃面吧。厨房一阵案响,一阵风箱声,母亲很快就用箕盘端上几碗热腾腾的面条来。客人吃的时候,我们做孩子的就被打发着去村巷里玩,玩不了多久,我们就偷偷溜回来,看看客人是否吃过了,盼着有剩下的。果然在锅底里就留有那么一碗半碗。在那困难的年月里,纯白面条只是待客,没有客人的时候,中午可以吃一顿苞谷糁面,母亲差不多是先给父亲捞一碗,然后下些浆水和菜,连菜带面再给我们兄妹各捞一碗,最后她的碗里就只有苞谷糁和菜了。那时少粮缺柴的,生活苦巴,我们做孩子的并不愁容满面,平日倒快活得要死,最烦恼的是帮母亲推磨子了。常常天一黑母亲就收拾磨子,在麦子里掺上白苞谷或豆子磨一种杂面,偌大的石磨她一个人推不动,就要我和弟弟合推一个磨棍,月明星稀之下,走一圈又一圈,昏头晕脑的发迷怔。磨过一遍了,母亲在那里筛罗,我和弟弟就趴在磨盘上瞌睡。母亲喊我们醒来再推,我和弟弟总是说磨好了,母亲说再磨几遍,需要把麦麸磨得如蚊子翅膀一样薄才肯结束。我和弟弟就同母亲吵,扔了磨棍怄气。母亲叹叹气,末了去敲邻家的屋子,哀求人家:二嫂子,二嫂子,你起来帮我推推磨子!人家半天不吱声,她还在求,说:"咱换换工,你家推磨子了,我再帮你……孩子明日要上学,不敢耽搁娃的课的。"瞧着母亲低声下气的样子,我和弟弟就不忍心了,揉揉鼻子又把磨棍拿起来。母亲操持家里的吃穿琐碎事无巨细,而家里的大事,母亲是不管的,一切由当教师的星期天才能回家的父亲做主。在我上大学的那些年,每次寒暑假结束要进城,头一天夜里总是开家庭会,家庭会差不多是父亲主讲,要用功学习呀,真诚待人呀,孔子是怎么讲,古今历史上什么人是如何奋斗的,直要讲两三个小时。母亲就坐在一边,为父亲不住吸着的水烟袋卷纸煤儿,纸煤儿卷了好多,便袖了手打盹。父亲最后说:"你妈还有啥说的?"母亲一怔方清醒过来,父亲就生气了:"瞧你,你竟能睡着?!"训几句。母亲只是笑着,说:"你是老师能说,我说啥呀?"大家都笑笑,说天不早了,睡吧,就分头去睡。这当儿母亲却精神了,去关院门,关猪圈,检查柜盖上的各种米面瓦罐是否盖严了,防备老鼠进去,然后就收拾我的行李,然后一个人去灶房为我包天明起来吃的素饺子。

父亲去世后，我原本立即接她来城里住，她不来，说父亲三年没过，没过三年的亡人会有阳灵常常回来的，她得在家顿顿往灵牌前贡献饭菜。平日太阳暖和的时候，她也去和村里一些老太太摸花花牌，她们玩的是两分钱一个注儿，每次出门就带两角钱三角钱，塞在袜筒里。她养过几只鸡，清早一开鸡棚，一一要在鸡屁股里揣揣有没有蛋要下，若揣着有蛋，半晌午摸牌就半途赶回来收拾产下的蛋。可她不大吃鸡蛋，只要有人来家坐了，却总热恬着要烧煎水，煎水里就卧荷包蛋。每年院里的梅李熟了，总摘一些留给我，托人往城里带，没人进城，她一直给我留着，"平爱吃酸果子"，她这话要唠叨好长时间，梅李就留到彻底腐烂了才肯倒去。她在妹妹家学练了气功，我去看她，未说几句话就叫我到小房去，一定要让我喝一个瓶子里的凉水，不喝不行，问这是怎么啦，她才说是气功师给她的信息水，治百病的，"你要喝的，你一喝肝病或许就好了！"我喝了半杯，她就又取苹果、橘子让我吃，说是信息果。

　　我成不成什么专家名人，母亲一向是不大理会的，她既不晓得我工作的荣耀，我工作上的烦恼和苦闷也就不给她说。一部《废都》，国之内外怎样风雨不止，我受怎样的赞誉和攻击，母亲未说过一句话。当知道我已孤单一人，又病得入了院，她悲伤得落泪，要到城里来看我，弟妹不让她来，不领她，她气得在家里骂这个骂那个。后来冒着风雪来了，她的眼睛已患了严重的疾病，却

28

哭着说:"我娃这是什么命啊?!"

　　我告诉母亲,我的命并不苦的,什么委屈和劫难我都可以受得,少年时期我上山砍柴,挑百十斤的柴担在山碥道上行走,因为路窄,不到固定的歇息处是不能放下柴担的,肩膀再疼腿再酸也不能放下柴担的,从那时起我就练出了一股韧劲。而现在最苦的是我不能亲自伺候母亲!父亲去世了,作为长子,我是应该为这个家操心的,使母亲在晚年活得幸福,但现在不仅不能照料母亲,反倒让母亲牵肠挂肚,我这做的是什么儿子呢?把母亲送出医院,看着她上车要回去了,我还是掏出身上仅有的钱给她,我说,钱是不能代替孝顺的,但我如今只能这样啊!母亲懂得了我的心,她把钱收了,紧紧地握在手里,再一次整整我的衣领,摸摸我的脸,说我的胡子长了,用热毛巾焐焐,好好刮刮,才上了车。眼看着车越走越远,最后看不见了。我回到病房,躺在床上开始打吊针,我的眼泪默默地流下来。

　　　　　　一九九三年十一月二十七日草于病房

酒

　　我在城里工作后，父亲便没有来过，他从学校退休在家，一直照管着我的小女儿。我的作品从来没有给他寄过，姨前年来，问我是不是写过一个中篇，说父亲听别人说过，曾到县上几个书店、邮局跑了半天去买，但没有买到。我听了很伤感，以后写了东西，就寄给他一份，他每每又寄还给我，上边用笔批了密密麻麻的字。给我的信上说，他很想来一趟，因为小女儿已经满地跑了，害怕离我们太久，将来会生疏的。但是，一年过去了，他却未来，只是每一月寄一张小女儿的照片，叮咛好好写作，说："你正是干事的时候，就努力干吧，农民扬场趁风也要多扬几锨呢！但听说你喝酒厉害，这毛病要不得，我知道这全是我没给你树个好样子，我现在也不喝酒了。"接到信，我十分羞愧，便发誓再也不去喝酒，回信让他和小女儿一定来城里住，好好孝顺他老人家一些日子。

　　但是，没过多久，我惹出一些事来，我的作品在报刊上引起了

30

争论。争论本是正常的事,复杂的社会上却有了不正常的看法,随即发展到作品之外的一些闹哄哄的什么风声雨声都有。我很苦恼,也更胆怯,像乡下人担了鸡蛋进城,人窝里前防后挡,唯恐被撞翻了担子。茫然中,便觉得不该让父亲来。但是,还未等我再回信,在一个雨天他却抱着孩子搭车来了。

老人显得很瘦,那双曾患过白内障的眼睛,越发比先前呆滞。一见面,我有点惶恐,他看了看我,就放下小女儿,指着我让叫爸爸。小女儿斜头看我,怯怯地刚走到我面前,突然转身又扑到父亲的怀里,父亲就笑了,说:"你瞧瞧,她真生疏了,我能不来吗?"

父亲住下了,我们睡在西边房子,他睡在东边房子。小女儿慢慢和我们亲热起来,但夜里却还是要父亲搂着去睡。我叮咛爱人,什么也不要告诉父亲,一下班回来,就笑着和他说话;他也很高兴,总是说着小女儿的可爱,逗着小女儿做好多本事给我们看。一到晚上,家里来人很多,都来谈社会上的风言风语,谈报刊上连续发表批评我的文章,我就关了西边房门,让他们小声点,父亲一进来,我们就住了口。可我心里毕竟是乱的,虽然总笑着脸和父亲说话,小女儿有些吵闹了,就忍不住斥责,又常常动手去打屁股。这时候,父亲就过来抱了孩子,说孩子太嫩,怎么能打,越打越会生分,哄着到东边房子去了。我独自坐一会儿,觉得自己不对,又不想给父亲解释,便过去看他们。一推门,父亲在那里悄悄流泪,赶忙装着眼花了,揉了揉,和我说话,我心里愈发难受了。

从此,我下班回来,父亲就让我和小女儿多玩一玩,说再过一些日子,他和孩子就该回去了。但是,夜里来的人很多,人一来,他就又抱了孩子到东边房子去了。这个星期天,一早起来,父亲就写了一个条子贴在门上:"今日人不在家。"要一家人到郊外的田野里去逛逛。到了田野,他拉着小女儿跑,让她叫我们爸爸妈妈。后来,他说去给孩子买些糖果,就到远远的商店去了。好长的时候,他回来了,腰里鼓囊囊的,先掏出一包糖来,给了小女儿一把,剩下的交给我爱人,让她们到一边去玩;又让我坐下,在怀里掏着,是一瓶酒,还有一包酱羊肉。我很纳闷:父亲早已不喝酒了,又反对我喝酒,现在却怎么买了酒来? 他使劲用牙启开了瓶盖,说:"平儿,我们喝些酒吧,我有话要给你说呢。你一直在瞒着我,但我什么都知道了。我原本是不想这么快来的,可我听人说你犯了错误了,不知道到底是什么情况,怕你没有经过事,才来看看你。报纸上的文章,我前天在街上的报栏里看到了,我觉得那没有多大的事。你太顺利了,不来几次挫折,你不会有大出息呢!当然,没事咱不寻事,出了事不要怕事,别人怎么说,你心里要有个主见。人生是三节四节过的,哪能一直走平路? 搞你们这行的,你才踏上步,你要安心当一生的事儿干了,就不要被一时的得所迷惑,也不要被一时的失所迷惘。这就是我给你说的。今日喝喝酒,把那些烦闷都解了去吧。来,你喝喝,我也要喝的。"

　　他先喝了一口,立即脸色通红,皮肉抽搐着,终于咽下了,嘴便张开往外哈着气。那不能喝酒却硬要喝的表情,使我手颤着接不住他递过来的酒瓶,眼泪唰唰地流下来了。

喝了半瓶酒,然后一家人在田野里尽情地玩着,一直到天黑才回去。父亲又住了几天,他带着小女儿便回乡下去了。但那半瓶酒,我再没有喝,放在书桌上,常常看着它,从此再没有了什么烦闷,也没有从此沉沦下去。

一九八三年作于五味什字巷

祭父

父亲贾彦春,一生于乡间教书,退休在丹凤县棣花;年初胃癌复发,七个月后便卧床不起,饥饿疼痛,疼痛饥饿,受罪至第二十七天的傍晚,突然一个微笑而后去世了。其时中秋将近,天降大雨,我还远在四百里之外,正预备着翌日赶回。

我并没有想到父亲的最后离去竟这么快。以往家里出什么事,我都有感应,就在他来西安检查病的那天,清早起来我的双目无缘无故地红肿,下午他一来,我立即感到有悲苦之灾了。经检查,癌细胞已转移,半月后送走了父亲,天天心揪成一团,却不断地为他卜卦,卜辞颇吉祥,还疑心他会创造出奇迹,所以接到病危电报,以为这是父亲的意思,要与我交代许多事情。一下班车,看见戴着孝帽接我的堂兄,才知道我回来得太晚了,太晚了。父亲安睡在灵床上,双目紧闭,口里衔着一枚铜钱,他再也没有以往听见我的脚步便从内屋走出来喜欢地对母亲喊:"你平回来了!"也

34

没有我递给他一支烟时,他总是摆摆手而拿起水烟锅的样子,父亲永远不与儿子亲热了。

守坐在灵堂的草铺上,陪父亲度过最后一个长夜。小妹告诉我,父亲饲养的那只猫也死了。父亲在水米不进的那天,猫也开始不吃,十一日中午猫悄然毙命,七个小时后父亲也倒了头。我感动着猫的忠诚,我和我的弟妹都在外工作,晚年的父亲清淡寂寞,猫给过他慰藉,猫也随他到另一个世界。人生的短促和悲苦,大义上我全明白,面对着父亲我却无法超脱。满院的泥泞里人来往作乱,响器班在吹吹打打,透过灯光我呆呆地望着那一棵梨树,这是父亲亲手栽的。往年果实累累,今年竟独独一个梨子在树顶。

父亲的病是两年前做的手术,我一直对他瞒着病情,每次从云南买药寄给他,总是撕去药包上癌的字样。术后恢复得极好,他每顿能吃两碗饭,凌晨要喝一壶茶水,坐不住,喜欢快步走路。常常到一些亲戚朋友家去,撩了衣服说:瞧刀口多平整,不要操心,我现在什么病也没有了。看着父亲的豁达样,我暗自为没告诉他病情而宽慰,但偶尔发现他独坐的时候,神色甚是悲苦,竟有一次我弄来一本算卦的书,兄妹们嚷着要查各自的前途机遇,父亲走过来却说:"给我查一下,看我还能活多久?"我的心咯噔一下沉起来,父亲多半是知道了他得的什么病,只是也不说出来罢了。卦辞的结果,意思是该操劳的都操劳了,待到一切都好。父亲叹息了一声："我没好福。"我们都黯然无语，他就又笑了："这类书怎能当真？人生谁不是这样呢！"可后来发生的事情，不幸都依这卦辞来了。

先是数年前母亲住院，父亲一个多月在医院伺候。做手术的那天，我和父亲守在手术室外，我紧张得肚子疼，父亲也紧张得肚子疼。母亲病好了，大妹出嫁，小妹高考却不中，原来依父亲的教龄可以将母亲和小妹的户口转为城镇户口，但因前几年一心想为小弟有个工作干，自己硬退休回来，现在小妹就只好窝在乡下了。为了小妹的前途，我写信申请，父亲四处寻人说情，他干了几十年教师工作，不愿靦着脸给人说那类话，但事情逼着他得跑动，每次都十分为难。他给我说过，他曾鼓很大勇气去找人，但当得知所找的人不在时，竟如释重负，暗自庆幸，虽然明日还得再找，而今天却免去一次受罪了。足足两年有余，小妹的工作有了着落，父亲喜欢得来人就请喝酒，他感激所有帮过忙的人，不论年龄大小皆视为贾家的恩人。但就在这时候，他患了癌病，担惊受怕的半年过去了，手术后身体一天天好起来，这一年春节父亲一定要我和妻子女儿回老家过年，多买了烟酒，好好欢度一番，没想年前两天，我的大妹夫突然出事故亡去。病后的父亲老泪纵横，以前手颤的旧病复发，三番五次划火柴点不着烟。大妹带着不满一岁的外甥重回到我家住，沉重的包袱又一次压在父亲的肩上。为了大妹的生活和出路，父亲又开始了比小妹当年就业更艰难的奔波，一次次的碰壁，一夜夜的辗转不眠。我不忍心看着他劳累，甚至对他发火，他就再一次赶来给我说情况时，故意做出很轻松的样子，又总要说明他还有别的事才进城的。大妹终于可以吃商品粮了，甚至还去外乡做临时工作，父亲实想领大妹一块儿去乡政府报到，但癌病复发了，终未去成。父亲之所以在动了手术后延续了两年多的生命，他全是为儿女要办完最后一件事，当他办完事了竟不肯多活一月就溘然长逝。

俗话讲，人生的光景几节过，前辈子好了后辈子坏，后辈子好了前辈子坏，可父亲的一生中却没有舒心的日月。在他的幼年，家贫如洗，又常常遭土匪的绑票，三个兄长先后被绑票过三次，每次都是变卖家产赎回，而年仅七岁的他，也竟在一个傍晚被人背走到几百里外。贾家受尽了屈辱，发誓要供养出一个出头的人，便一心要他读书。父亲提起那段生活，总是感激着三个大伯，说他夜里读书，三个大伯从几十里外扛木头回来，为了第二天再扛到二十里外的集市上卖个好价，成半夜在院中用石槌砸木头的大小截面，那种"咣咣"的响声使他不敢懒散，硬是读完了中学，成为贾家第一个有文化的人。此后的四五十年间，他们兄弟四个亲密无间，二十二口的大家庭一直生活到六十年代，后来虽然分家另住，谁家做一顿好吃的，必是叫齐别的兄弟。我记得父亲在邻县的中学任教时期，一直把三个堂兄带在身边上学，他转到哪儿，就带到哪儿，堂兄在学生宿舍里搭合铺，一个堂兄尿床，父亲就把尿床的堂兄叫去和他一块儿睡,一夜几次叫醒他小便,但常常堂兄还是尿湿了床,害得父亲这头湿了睡那头,那头湿了睡这头。

我那时和娘住在老家,每年里去父亲那儿一次,我的伯父就用箩筐一头挑着我、一头挑着粮食翻山越岭走两天。我至今记得我在摇摇晃晃的箩筐里看夜空的星星,星星总是在移动,让我无法数清。当我参加了工作第一次领到了工资,三十九元钱先给父亲寄去了十元,父亲买了酒便请了三个伯父痛饮,听母亲说那一次父亲是醉了。那年我回去,特意跑了半个城买了一根特大的铝盒装的雪茄,父亲拆开了闻了闻,却还要叫了三个伯父,点燃了一口一口轮流着吸。大伯年龄大,已经下世十多年了,按常理,父亲应该照看着二伯和三伯先走,可谁也没想到,料理父亲丧事的竟是二伯和三伯。在盛殓的那个中午,贾家大小一片哭声,二伯和三伯老泪纵横,瘫坐在椅子上不得起来。

"文革"中,家乡连遭三年大旱,生活极度拮据,父亲却被诬陷为历史反革命关进了牛棚。正月十五的下午,母亲炒了家中仅有的一疙瘩肉盛在缸子里,伯父买了四包香烟,让我给父亲送去。太阳落山时我赶到他任教的学校,父亲已经遭人殴打过,造反派硬不让见,我哭着求情,终于在院子里拐角处见到了父亲,他黑瘦得厉害,才问了家里的一些情况,监管人就在一边催时间了。父亲送我走过拐角,却将缸子交给我,说:"肉你拿回去,我把烟留下就是了。"我出了院子的栅栏门,门很高,我只能隔着栅栏缝儿看父亲，我永远忘不了父亲呆呆站在那儿看我的神色。后来，父亲带着一身伤残被开除公职押送回家了，那是个中午，我正在山坡上拔草，听到消息扑回来，父亲已躺在床上，一见我抱了我就说："我害了我娃了!"放声大哭。父亲是教了半辈子书的人，他胆小，又自尊，他受不了这种打击，回家后半年内不愿出门。但家庭从政治上、经济上一下子沉沦下来，我们常常吃了上顿没有下顿，自留地的苞谷还是嫩的便掰了回来，苞谷颗儿和穗儿一起在碾子上砸了做糊糊吃，麦子不等成熟就收回用锅炒了上磨。全家唯一指望的是那头猪，但猪总是长一身红绒，我们眼里出血似的盼它长大了，父亲领着我们兄弟将猪拉到十五里的镇上去交售，但猪瘦不够标准，收购站拒绝收。听说二十里外的邻县一个镇上标准低，我们决定重新去交，天不明起来，特意给猪喂了最好的食料，使猪肚撑得滚圆。我们却饿着，父亲说："今日把猪交了，咱父子仨一定去饭馆美美吃一顿!"这话极大地刺激了我和弟弟，赤脚冒雨将猪拉到了镇上。交售猪的队排得很长，眼看着轮到我们了，收购员却喊了一声："下班了!"关门去吃饭。我们迭声叫苦，没有钱去吃饭，又不能离开，而猪却开始排泄，先是一泡没完没了的尿，再是翘了尾巴要拉，弟弟急了，拿脚直踢猪屁股，但最后还是拉下来了，望着那老大的一堆猪粪，我们明白那是多少钱的分量啊。骂猪，又骂收购员，最后就不骂了，因为我和弟弟已经毫无力气了。直等到下午上班，收购员过来在猪的脖子上捏捏，又在猪肚子上踹踹,头不抬地说:"不够等级! 下一个——"父亲首先急了,忙求着说:"按最低等级收了吧。"收购员翻着眼训道:"白给我也不收哩!"已经去验下一头猪了。父亲在那里站了好大一会儿,又过来蹲在猪旁边,他再没有说话,手抖着在口袋里掏烟,但没有掏出来,扭头对我们说:"回吧。"父子仨默默地拉猪回来,一路上再没有说肚子饥的话。

在那苦难的两年里,父亲耿耿于怀的是他蒙受的冤屈,几乎过三天五天就要我来写一份翻案材料寄出去。他那时手抖得厉害,小油灯下他讲他的历史,我逐字书写,寄出去的材料百分之九十泥牛入海,而父亲总是自信十足。家贫买不起纸,到任何地方一发现纸就眼开,拿回来仔细裁剪,又常常纸色不同,以至后来父子俩谈起翻案材料只说"五色纸"就心照不宣。父亲幼年因家贫害过胃疼,后来愈过,但也在那数年间被野菜和稻糠重新伤了胃,这也便是他恶变胃癌的根因。当父亲终于冤案昭雪后,星期六的下午他总要在口袋里装上学校的午餐,或许是一片烙饼,或是四个小素包子,我和弟弟便会分别拿了躲到某一处吃得最后连手也舔了,末了还要趴在泉里喝水涮口咽下去。我们不知道那是父亲饿着肚子带回来的,最最盼望每个星期六傍晚太阳落山的时候。有一次父亲看着我们吃完,问:"香不香?"弟弟说:"香。我将来也要当个教师!"父亲笑了笑,别过脸去。我那时稍大,说现在吃了父亲的馍馍,将来长大了一定买最好吃的东西孝敬父亲。父亲退休以后，孩子们都大了，我和弟弟都开始挣钱，父亲也不愁没有馍馍吃，在他六十四岁的生日我买了一盒寿糕，他却直怨我太浪费了。五月初他的病加重，我回去看望，带了许多吃食，他却对什么也没了食欲，临走买了数盒蜂王浆，叮咛他服完后继续买，钱我会寄给他的，但在他去世后第五天，村上一个人和我谈起来，说是父亲服完了那些蜂王浆后曾去商店打问蜂王浆的价钱，一听说一盒八元多，他手里捏着钱却又回来了。

父亲当然是普通的百姓，清清贫贫的乡间教师，不可能享那些大人物的富贵。但当我在城里每次住医院，看见老干部楼上的那些人长期为小病疗养而坐在铺有红地毯的活动室中玩麻将，我就不由得想到我的父亲。

在贾家族里，父亲是文化人，德望很高，以至大家分为小家，小家再分为小家，甚至村里别姓人家，大到红白喜丧之事，小到婆媳兄妹纠纷，都要找父亲去解决。父亲乐意去主持公道，却脾气急躁，往往自己也要生许多闷气。时间长了，他有了一定的权威，多少也有了以"势"来压的味道，他可以说别人不敢说的话，竟还动手打过一个不孝其父的逆子的耳光，这少不得就得罪了一些人。为这事我曾埋怨他，为别人的事何必那么认真，父亲却火了，说道："我半个眼窝也见不得那些龌龊事！"父亲忠厚而严厉，胆小却疾恶如仇，他以此建立了他的人品和德行，也以此使他吃了许多苦头，受了许多难处。当他活着的时候，这个家庭和这个村子

41

的百多户人家已经习惯了父亲的好处，似乎并不觉得什么，而听到他去世的消息，猛然间都感到了他存在的重要。我守坐在灵堂里，看着多少人来放声大哭，听着他们哭诉："你走了，有什么事我给谁说呀?!"我欣慰着我的父亲低微却崇高、平凡而伟大。

在我小小的时候，我是害怕父亲的，他对我的严厉使我产生惧怕，和他单独在一起，我说不出一句话，极力想赶快逃脱。我恋爱的那阵，我的意见与父亲不一致，那年月政治的味道很浓，他害怕女方的家庭成分影响了我，他骂我，打我，吼过我"滚"。在他的一生中，我什么都听从他，唯那件事使他伤透了心。但随着时代的变化，家庭出身已不再影响到个人的前途，而我的妻子并未记恨他，像女儿一样孝敬他，他又反过来说我眼光比他准，逢人夸说儿媳的好处，在最后的几年里每年都喜欢来城中我的小家中住一个时期。但我在他面前，似乎一直长不大，直到我的孩子已经上小学了，一次他来城里，见面递给我一支烟来吸，我才知道我成熟了，有什么可以直接同他商量。父亲是一个普通的乡村教师，又受家庭生计所累，他没有高官显禄的三朋，也没有腰缠万贯的四友，对于我成为作家，社会上开始有些虚名后，他曾是得意和自豪过。他交识的同行和相好免不了向他恭贺，当然少不了向他讨酒喝，父亲在这时候是极其的慷慨，身上有多少钱就掏多少钱，喝就喝个酩酊大醉。以至后来，有人在哪里看见我发表了文章，就拿着去见父亲索酒。他的酒量很大，原因一是"文革"中心情不好借酒消愁,二是后来为我的创作以酒得意,喝酒喝上了瘾,在很长的日子里天天都要喝的,但从不一人独喝,总是吆喝许多人聚家痛饮,又一定要母亲尽一切力量弄些好的饭菜招待。母亲曾经抱怨:家里的好吃好喝全让外人享用了!我也为此生过他的气,以我拒绝喝酒而抗议,父亲真有一段时间也不喝酒了。一九八二年的春天,我因一批小说受到报刊的批评,压力很大,但并未透露一丝消息给他。他听人说了,专程赶三十里到县城去翻报纸,熬煎得几晚上睡不着。我母亲没文化,不懂得写文章的事,父亲给她说的时候,她困得不时打盹,父亲竟气得骂母亲。第二天搭车到城里见我,我的一些朋友恰在我那儿谈论外界的批评文章,我怕父亲听见,让他在另一间房内休息。等来客一走,他竟过来说:"你不要瞒我,事情我全知道了。没事不要寻事,有了事就不要怕事。你还年轻,要吸取经验教训,路长着哩!"说着又反身去取了他带来的一瓶酒,说:"来,咱父子都喝喝酒。"他先倒了一杯喝了,对我笑笑,就把杯子给我。他笑得很苦,我忍不住眼睛红了。这一次我们父子都重新开戒,差不多喝了一瓶。

自那以后,父亲又喝开酒了,但他从没有喝过什么名酒。两年半前我用稿费为他买了一瓶茅台,正要托人捎回去,他却来检查病了,竟发现患的是胃癌。手术后,我说:"这酒你不能喝了,我留下来,等你将来病好了再喝。"我心里知道,父亲怕是再也喝不成了,如果到了最后不行的时候,一定让他喝一口。在父亲生命将息的第十天，我妻子陪送老人回老家，我让把酒带上。但当我回去后，父亲已经去世了，酒还原封未动。妻说：父亲回来后，汤水已经不能进，就是让喝酒，一定腹内烧得难受，为了减少没必要的痛苦，才没有给父亲喝。盛殓时，我流着泪把那瓶茅台放在棺内，让我的父亲在另一个世界上再喝吧。如今，我的文章还在不断地发表出版，我再也享受不到那一份特殊的祝贺了。

父亲只活了六十六岁，他把年老体弱的母亲留给我们，他把两个尚未成家的小妹留给我们，他把家庭的重担留给了从未担过沉的长子的我。对于父亲的离去，我们悲恸欲绝；对于离去我们，父亲更是不忍。当检查得知癌细胞已广泛转移毫无医治可能的结论时，我为了稳住父亲的情绪，还总是接二连三地请一些医生来给他治疗，事先给医生说好一定要表现出检查认真，多说宽心话。我知道他们所开的药全都是无济于事的，但父亲要服只得让他服，当然是症状不减，且一日不济一日，他说："平呀，现在咋办呢？"我能有什么办法呀，父亲。眼泪从我肚子里流走了，脸上还得安静，说："你年纪大了，只要心放宽静养，病会好的。"说罢就不敢看他，赶忙借故别的事走到另一个房间去抹眼泪。后来他预感到自己不行了，却还是让扶起来将那苦涩的药面一大勺一大勺地吞在口里，强行咽下，但他躺下时已泪流满面，一边用手擦着一边说："你妈一辈子太苦，为了养活你们，舍不得吃，舍不得穿，到现在还是这样。我只说她要比我先走了，我会把她照看得好好的……往后就靠你们了。还有你两个妹妹……"母亲第一个哭起来,接着全家大哭,这是我们唯有的一次当着父亲的面痛哭。我真担心这一哭会使父亲明白一切而加重他的负担,但父亲反倒劝慰我们,他照常要服药,说他还要等着早已定好亲的小妹国庆节结婚的那一天,他来城前已给菜地的红萝卜浇了水,菜苗一定长得茂密,需要间一间。就在他去世的前五天,他还要求母亲去抓了两服中草药熬着喝。父亲是极不甘心地离开了我们,他一直是在悲苦和疼痛中挣扎,我那时真希望他是个哲学家或是个基督教徒,能透悟人生,能将死自认为一种解脱,但父亲是位实实在在的为生活所累了一生的平民,他的清醒的痛苦的逝去使我心灵不得安宁。当得知他最后一刻终于绽出一个微笑,我的心多多少少安妥了一些。可以告慰父亲的是,母亲在悲苦中总算挺了过来,我们兄妹都一下子更加成熟,什么事都处理得很好。小妹的婚事原准备推迟,但为了父亲灵魂的安息,如期举办,且办得十分圆满。这个家庭没有了父亲并没有散落,为了父亲,我们都在努力地活着。

按照乡间风俗,在父亲下葬之后,我们兄妹接连数天的黄昏去坟上烧纸和燃火,名曰"打怕怕",为的是不让父亲一人在山坡上孤单害怕。冥纸和麦草燃起,灰屑如黑色的蝴蝶满天飞舞,我们给父亲说着话,让他安息,说在这面黄土坡上有我的爷爷奶奶,有我的大伯,有我村更多的长辈,父亲是不会孤单的,也不必感到孤单;这面黄土坡离他修建的那一院房子并不远,他还是极容易来家中看看的;而我们更是永远忘不了他,会时常来探望他的。

一九八九年十月十三日写毕
父亲去世后三十三天,"五七"之前

哭婶娘

　　婶娘,你死的时候,我在西安,远隔你千里,生不能再见一面,死不能扶你入棺,死者你走得不会心甘,生者我活得不能安宁,天地这般残酷,使我从来没有想到,却重重地惩罚到我的头上了。如今我站在你的坟前,我叫你一声"婶娘!",不知你可听见? 我知道人总是要死的,但我却怎么也受不了你死的打击!

　　小的时候,过了满月,就留我在老家让你经管。夜夜我衔着你的空奶头睡觉,一把屎,一把尿,从一尺五寸拉扯我长大。我自幼叫你是娘,心里曾经这么想过:等我成人了,挣了钱了,一定好好报答你的恩情,给你买好吃的,买好穿的。但是,我长大了,工作了,工资微薄,又忙着筹备结婚,只给你买过两双棉鞋,只说婚后了,缓过几年,先不生养孩子,先不置办家具,一定报答你,没想你竟这么早便死去了。你才五十一岁,全不是该死的年纪啊!唉,都怪我太相信人的寿命了,人真是不如一棵草,真是不能掌握自己,造成我一生不可挽回的遗恨。

在你死的那天,我本来是在写作的,但写不上半页纸,心就慌得不行。我想这种现象以前是没有过的,一定是心电感应,怕是家里有了什么事了。我第一个想到的就是奶奶,她老人家已经七十三岁,常年瘫在床上,莫不是她要下世了?一天里惶惶不可终日,到了晚上,果然有人喊我"电报!"。一听电报,我腿就软了,可接到一看,却是你死的消息。这怎么能使我相信呢?可电报明明白白写着是你,我当下就昏过去了。我担心会死的老人没有死,死的偏偏就是不应死去的你,这使谁能不伤心断肠呢?

你是命苦透了的人,古书上讲,人生福苦是平分的,早年苦了,晚年必是有福,可你却全是受苦,才过门的那些年里,咱那儿封建意识多,你只能是不敢多言的小媳妇。亏你在娘家上过几年学,能为人写个书信,县上便让你去乡政府工作,你却让伯父去了。你只说男人家在外干事,也是正事,你要在家服侍双老。可伯父一工作,又慢慢当了干部,就变心了,要和你离婚。你哭得要死,家里人也骂伯父,但伯父还是死了心,从此和家里断了关系,再不回来了。可怜你为了伯父,伯父却抛弃了你。你成了寡妇,你却舍不得这家老人,老人也舍不得你这媳妇,你就一直在咱家过下来,那时候,你才三十岁,三十岁上你就守寡,熬了二十多年,只说苦要出头,福要来了,你却这么就死去了!好人没有好报,是这人世没有是非曲直呢,还是容不得你这等良善?

你一生没儿没女,一直带我在你身边。我上了大学后,你来信说你太寂寞,白日里上工、服侍老人,也就罢了,只是到了晚上,就不能入睡,三点就醒了。我看了信,伤心得直哭,想你这么爱娃疼娃的人,却没娃娃疼爱,只恨我怎么就长大了呢?后来你又来了信,说你要了一个小女,村里人都说你傻,怎么不要一个大点的,偏要受拉扯罪?可是我是理解你的。你要我给小妹起个名儿,我叫她是"慰儿",意思是来安慰你的,你几次来信感激我,说那名儿起得好。如今慰儿已四岁,可爱的模样,眉眼儿十分像你。咱这一家人,人口不旺,爷手里是兄弟五人,父手里是兄弟二人,到了我们这辈,就只有我和慰儿。你死了,孝子盆本是我来摔的,可我不在,只好让慰儿替着,可怜你走得这么孤单!等我披星戴月赶到家里,因为天热,不能久放,你已经埋了。家里一片狼藉,奶奶被人扶着,哭得昏死了过去,刚救活过来,慰儿又哭得昏过去了。我扶老携幼,不知该如何安慰她们,想奶奶长年瘫在床上,你平日端吃端喝,小慰儿还年幼,你平日疼热疼冷,你这一走,这一家人可就散了架啊,婶娘!

往日里,我的父母在外,月月将钱寄了回来,你在家主事。你为了这个家,劳心劳神,别人没吃过的苦你吃了,别人没受过的累你受了,可你从来没有怨言。"文化革命"那些年,我的父母进了牛棚,再没有钱寄回,家里粮食短缺,你在外东借西借,顿顿还是将热饭递到奶奶手里、我的手里。记得那年春上,奶奶生日,家里又揭不开了锅，你从外边借回一元钱，买了三斤豆腐。豆腐做好，你一筷子夹给奶奶，一筷子夹给我，我让你吃，你说你嫌豆腐有一股豆味儿，反胃。婶娘，我那时真傻，还以为那是真的，就三口两口扒吃了豆腐，后来在厨房里，却见你吞着野菜吃，我才知道你是哄了我。我后悔地哭起来，你却笑了，说我懂事，让我以后长大有钱了，再给你买多多的豆腐吃。可到现在，我一块豆腐也还未给你买了吃，你却死了。

那一年里，你在家管老管小，一颗心还牵着我的父母，常常为他们伤心落泪。正月初十那天，你把奶奶托付给邻居，就领我去二百里外的县上找我的父母。咱们身无一文，一路上讨吃要喝，你总是让我坐在村口，你去沿门讨要。后来我见你受人欺负，我要去讨，你说："你年幼，受不了人家冷脸白眼的。"咱们就这么赶到外县，打听我父母关在一个小学校里受训。咱们去向门口站岗的说情，人家不让进去，你哭着，下了跪，一直缠到天黑，人家才同意一个人进去。你就让我去了。我见到了我的父母，他们被打得遍体鳞伤，让我不要给你说。我走出来，看见你扒着栅栏大门往里看，你个子低，脚下垫了石头，双手努力地往上攀，一见你这模样，我没在我的父母面前哭，却哇的一声向你哭了。你也哭了，却又安慰我，说我是这个家的独苗，万万不敢伤出个毛病来。

婶娘，咱们回到家里，我却不能再去上学，同学们都骂我"狗崽子"，我和他们打，又打不过，常常回家来满脸是血。你从此就不让我到学校去,在家教我学习,我真不明白,你那时还有这份心思?! 我心灰了,常常不学,你发现了,狠狠地打了我一巴掌,我哭了,你也哭了,紧紧抱着我,说:"平儿,你爸妈不在,你要不好好学习,我怎么向他们交代呀? 孩子,好人总是好人,学业不可丢了,咱是正经人家,可不能自己先竖不起竿子了!"婶娘,也就从那以后,我才认真地读起书来,我今日之所以上了大学,参加了工作,还不都是你教育的结果? 我有了文化,写成了书来,人都夸奖我的聪明,但谁会知道这一切是你给我的呢?

后来,父母果然平了反,我也上了大学,临走的时候,你哭哭啼啼送我一程又一程,对我说:"平儿,我没有儿,你就是我的儿,你今天有了出路,你要好好记住这是多么不容易! 到社会上了,首先要好好做人,万万不可有害人之心。"我记着你的话,可是,婶娘,我却怎么也不明白,你老老实实做了一生好人,可你却怎么没能有好人的报应? 我在学校,我的父母月月给我寄钱,可你还是要给我钱,我知道那是父母给你的,要你买衣服的,你却通通寄给了我。你时常做新鞋给我邮来,大学生都穿皮鞋和胶底鞋,可我却喜欢穿你做的鞋。你来信说,只要我喜欢,可以供我的鞋,一直到我有了孩子。可是如今,我还没有结婚,就再也穿不上你那结实的硬帮子布鞋了。

大前年的冬天,你要了慰儿,慰儿生了病,一时看不好,你抱着她到城里来住院。我那时正谈恋爱,领了女朋友去看你,你喜欢得夜里不让我们回校,硬要给我的女朋友买一双袜子。我说你手里钱紧张,你却硬不,还对她说了好多话。要她好好管着我,说我爱吃辣子,做饭不要忘了。婶娘,我们都笑你太细心,你却笑着说:"以后不要娶了媳妇忘了我呀!"婶娘,我们原准备过一个月就结婚,婚后就回来看你,在家孝顺你,你却再也吃不上我给你做的饭了,再也喝不上你侄媳妇给你烧的水了啊!

去年冬天,你又一次到城里来看我,我却出了差,你就又回去了。我回来后,遗憾了几天,怨你怎么就不给我打个电话,其实那次出差并没有走远,一个电话过去,一个小时我就回来了。可你就是没有打,怕影响我,就留下信走了。信上说:"平儿,本是来见你一面,你又不在,我也不能多待了。我给你奶奶买了一条皮褥子,再给你买一只暖水壶放在门房。西安比咱那儿冷,那里又没有热炕,夜里就用暖水壶暖暖被窝。灌上水了,一定要用布包上,别让烫了身子。"我读着信,放声哭了。婶娘,这暖水壶现在还在,你却走了,往后冬日的夜里,我怎么抱着这暖水壶去睡呢? 我一见那暖水壶,怎么会不想到你而肝肠俱断呢?

你死了,死得这么快! 家里人说,你是患了癌症,先是头疼,你以为是感冒了,并不在意,也不愿花钱看看,想抗一抗过去。后来整天发低烧,你剪短了头发,只说是热的,但是,那低烧并没停止,一日不济一日。可你还是没有告诉奶奶,没有告诉我的父母,也不给我说明,只是没黑没明地劳累,终于在前一个月睡倒了。

医生来诊断,才说是患了癌症,已经到了后期。婶娘,你这病,全是劳累得的,你是让这个老的老、少的少的家劳累坏了。你生到世上,只是为着别人,别人却疏忽了你,你也疏忽了你自己啊!没有你,就没有我,没有这个家。如今死了你,苦了我,苦了家,苦了这村,苦了这人世的良善。你没了别人的同情、帮助,你一样能活得下去;别人没了你,却是这么的难过、孤独、痛不欲生。你是个平凡的女人,你成全了我,也培养了我做人的品德,你这品德是人世永存的。

　　奶奶痛哭了你几日,身体越发虚弱了,我的父母决定接她老人家到他们单位去度晚年。我坚决要领小慰儿跟我到城里去,我管她生活,管她上学,将来管她成人出嫁。我们后天就走,但是一家人都走不痛快,想我们都要走了,只留下你在这里,就不禁又哭成一团。但是,我又想,你是不会生气的,你要是活着,你也会同意的。因为你是舍不得这块故土,当年伯父走了,你没有走,这二十多年里,你没有走,你死了,也要守在这里的。可你相信,我们会永远记住你的,每年会回来看你的,你就安安地睡吧,婶娘!

　　　　　一九八一年五月二十日晚草于静虚村

读书示小妹十八生日书

　　七月十七日,是你十八岁生日,辞旧迎新,咱们家又有一个大人了。贾家在乡里是大户,父辈那代兄弟四人,传到咱们这代,兄弟十个,姊妹七个;我是男儿老八,你是女儿最小。分家后,众兄众姐都英英武武有用于社会,只是可怜了咱俩。我那时体单力屦,面又丑陋,十三岁看去老气犹如二十,村人笑为痴傻;你又三岁不能言语,哇哇只会啼哭。父母年纪已老,恨无人接力,常怨咱这一门人丁不达。从那时起,我就羞于在人前走动,背着你在角落玩耍;有话无人可说,言于你你又不能回答,就喜欢起书来。书中的人对我最好,每每读到欢心处,我就在地上翻着跟头,你就乐得直叫;读到伤心处,我便哭了,你见我哭了,也便趴在我身上哭。但是,更多的是在沙地上,我筑好一个沙城让你玩,自个躺在一边读书,结果总是让你尿湿在裤子上,你又是哭,我不知如何哄你,就给你念书听,你竟不哭了,我感激得抱住你,说:"我小妹也是爱书人啊!"东村的二旦家,其父是老先生,家有好多藏书,我背着你去借,人家不肯,说要帮着推磨子。我便将你放在磨盘顶上,教你拨着磨眼,我就抱着磨棍推起磨盘转,一个上午,给人家磨了三升苞谷,借了三本书,我乐得去亲你,把你的脸蛋都咬出了一个红牙印儿。你还记得那本《红楼梦》吗?那是你到了四岁,刚刚学会说话,咱们到县城姨家去,我发现柜里有一本书,就蹲在那里看起来,虽然并不全懂,但觉得很有味道。天快黑了,书只看了五分之一,要回去,我就偷偷将书藏在怀里。三天后,姨家人来找,说我是贼,我不服,两厢骂起来,被娘打过一个耳光。我哭了,你也哭了,娘抱住咱们哭,你那时说:"哥哥,我长大了,一定给你买书!"小妹,你那一句话,给了兄多大安慰,如今我一坐在书房,看着满架书籍,我就记想那时的可怜了。

咱们不是书香门第,家里一直不曾富绰,即使现在,父母和你还在乡下,地分了,粮是不短缺了,钱却有出没入,兄虽每月寄点,也只能顾住油盐酱醋,比不得会做生意的人家。但是,穷不是咱们的错,书却会使咱们位低而人品不微,贫困而志向不贱。这个社会,天下在振兴,民族在发奋,咱们不企图做官,以仕途做功于国家,但作为凡人百姓,咱们却只有读书习文才能有益于社会啊!你也立志写作,兄很高兴,你就要把书看重,什么都不要眼红,眼红读书,什么朋友都可抛弃,但书之友不能一日不交。贫困倒是当作家的准备条件,书是忌富,人富则思惰,你目下处境正好逼你静心地读书,深知书中的精义。这道理人往往不信,走过来了方才醒悟,小妹可将我的话记住,免得以后悔之不及。

兄在外已经十年,自不敢忘了读书,所作一二篇文章,尽属肤浅习作,愈是读书不已。过了二月二十一日,已到了而立之年,才更知立身难、立德难、立文难。夜读《西游记》,悟出"取经唯诚,伏怪以力",不觉怀多感激,临风而叹息。兄在你这般年纪,读书目过能记,每每是借来之书,读得也十分注重,而今桌上、几上、案上、床上,满是书籍,却常常读过十不能记下四五,这全是年龄所致也,我至今只有以抄写辅助强记,但你一定要珍惜现在年纪,多多读书啊。

既有条件,读书万万不能狭窄。文学书要读,政治书要读,哲学,历史,美学,天文,地理,医药,建筑,美术,乐理……凡能找到的书,都要读读,若读书面窄,借鉴就不多,思路就不广,触一而不能通三。但是,切切又不要忘了精读,真正的本事掌握,全在于精读。世上好书,浩如烟海,一生不可能读完,且又有的书虽好,但不能全为之喜爱,如我一生不喜食肉,但肉确实是世上好东西。你若喜欢上一本书了,不妨多读:第一遍可囫囵吞枣读,这叫享受;第二遍就坐下来静心读,这叫吟味;第三遍便要一句一句想着读,这叫深究。三遍读过,放上几天,再去读读,常又会有再新再悟的地方。你真真正正爱上这本书了,就在一个时期多找些这位作家的书来读,读他的长篇,读他的中篇,读他的短篇,或者散文,或者诗歌，或者理论，再读外人对他的评论，所写的传记，也可再读读和他同期作家的一些作品。这样，你知道他的文了，更知道他的人了，明白当时是什么社会，如何的文坛，他的经历、性格、人品、爱好等等，是怎样促使他的风格的形成。大凡世上，一个作家都有自己一套写法，都是有迹可觅寻，当然有的天分太高了，便不是一时一阵便可理得清的。兄读中国的庄子、太白、东坡诗文，读外国的泰戈尔、川端康成、海明威之文，便至今于起灭转接之间不可测识。说来，还是兄读书太少，悟觉浅薄啊！如此这番读过，你就不要理他了，将他丢开，重新进攻另一个大家。文学是在突破中前进，你要时时注意，前人走到了什么地方，同辈人走到了什么地方。任何一个大家，你只能继承，不能重复，你要在读他的作品时，就将他拉到你的脚下来读。这不是狂妄，这正是知其长、晓其短，师精神而弃皮毛啊。虚无主义可笑，但全然跪倒来读，他可以使你得益，也可能使你受损，永远在他的屁股后了。这你要好好记住。

在家时，逢小妹生日，兄总为你梳那一双细辫，亲手为你剥娘煮熟的鸡蛋。一走十年，竟总是忘了你生日的具体时间，这你是该骂我的了。今年一入夏，我便时时提醒自己，到时一定要祝贺你成人。邻居妇人要我送你一笔大钱，说我写书，稿费易如就地俯拾，我反驳，又说我"肥猪也哼哼"，咳，邻人只知钱！人活着不能没钱，但只要有一碗饭吃，钱又算个什么呢？如今稿费低贱，家岂是以稿费发得?! 读书要读精品,写书要立之于身,功于天下,哪里是邻居妇人之见啊! 这么多年,兄并不敢侈奢,只是简朴,唯恐忘了往昔困顿,也是不忘了往昔,方将所得数钱尽买了书籍。所以,小妹生日,兄什么也不送,仅买一套名著十册给你寄来,乞妹快活。

一九八三年七月初写于静虚村

在女儿婚礼上的讲话

我二十七岁有了女儿,多少个艰辛和忙乱的日子里,总盼望着孩子长大,她就是长不大,但突然间她长大了,有了漂亮、有了健康、有了知识,今天又做了幸福的新娘!

我的前半生,写下了百十部作品,而让我最温暖的也最牵肠挂肚和最有压力的作品就是贾浅。她诞生于爱,成长于爱中,是我的淘气,是我的贴心小棉袄,也是我的朋友。

我没有男孩,一直把她当男孩看,贾氏家族也一直把她当作希望之花。

我是从困苦境域里一步步走过来的,我发誓不让我的孩子像我过去那样的贫穷和坎坷,但要在"长安居大不易",我要求她自强不息,又必须善良、宽容。二十多年里,我或许对她粗暴呵斥,或许对她无为而治,贾浅无疑是做到了这一点。

当年我的父亲为我而欣慰过,今天,贾浅也让我有了做父亲的欣慰。因此,我祝福我的孩子,也感谢我的孩子。

女大当嫁,这几年里,随着孩子的年龄增长,我和她的母亲对孩子越发感情复杂,一方面是她将要离开我们,一方面是迎接她的又是怎样的一个未来?

我们祈祷着她能受到爱神的光顾,觅寻到她的意中人,获得她应该有的幸福。终于,在今天,她寻到了,也是我们把她交给了一个优秀的俊朗的贾少龙!

我们两家大人都是从乡下来到城里,虽然一个原籍在陕北,一个原籍在陕南,偏偏都姓贾,这就是神的旨意,是天定的良缘。两个孩子生活在富裕的年代,但他们没有染上浮华习气,成长于社会变型时期,他们依然纯真清明,他们是阳光的、进步的青年,他们的结合,以后的日子会快乐、灿烂!

在这庄严而热烈的婚礼上,作为父母,我们向两个孩子说三句话。

第一句话,是一副老对联:"一等人忠臣孝子,两件事读书耕田。"做对国家有用的人,做对家庭有责任的人。好读书能受用一生,认真工作就一辈子有饭吃。

第二句话,仍是一句老话:"浴不必江海,要之去垢;马不必骐骥,要之善走。"做普通人,干正经事,可以爱小零钱,但必须有大胸怀。

第三句话,还是老话:"心系一处。"在往后的岁月里,要创造、培养、磨合、建设、维护、完善你们自己的婚姻。

今天，我万分感激着爱神的来临，它在天空星界、江河大地，也在这大厅里，我祈求着它永远地关照着两个孩子！

我也万分感激着从四面八方赶来参加婚礼的各行各业的亲戚朋友，在十几年、几十年的岁月中，你们曾经关注、支持、帮助过我的写作、身体和生活，你们是我最尊重和铭记的人，我也希望你们在以后的岁月里关照、爱护、提携两个孩子。我拜托大家，向大家鞠躬！

二〇〇四年十月

写在女儿第一本诗集出版之际

　　浅浅是我的女儿，从小就喜欢写诗，我只觉得好玩可爱，但从不鼓励她将来要当作家诗人。文坛上山高水远，风来雨去，人活得太累，并且我极不爱听"文二代"之说，这样的帽子很容易被戴上，既丑陋，又硌得脑袋疼。在二三十年里，我仅呵护她的上学、就业、结婚，指望着一切能安康平顺，岁月静美。等到她的两个孩子终于上小学了，家里没了零乱和嚣烦，有一日她送我烟酒还有几首诗，我才知道她其实还一直写诗，只是有的写在日历上，有的写在手机上，有的能念出来还没有写下来。

　　唉，诗这东西像种子一样，有土壤水分了就要拱土发芽、生叶抽枝的。我读了那些诗，觉得有意思，她说够不够发表水平，我说，就是够发表水平也不要发表，诗可以养人，不可以养家，安分过一般日子吧。

　　她是听我话的，生活得简单而安静，偶尔给我手机上发一首诗。我对她的诗越来越辅导不了,以我的爱好,总是回复一句好或是不好,建议她给她认识的几个诗人发去让人家看看。此后很久的时间,她不再发诗给我,或许她觉得我老打击她,或许也觉得我真的不懂诗。后来我所知道的,是一些朋友认为她写的还好,竟替她把一些诗稿投给杂志,竟受到肯定,有了许多赞许的话。

人真是奇怪,受了鼓励,就像火山爆发一样,虽然这火山上冰雪覆盖。这一点上她有点像我。

她现在已经不小了,说起来有父女的名分,实际上我是我,她是她,她早不崇拜我,我也无法控制她,何况诗是她的,与我毫不相关。她的诗在各种杂志上不断地发表,偶尔我读到了,也让我惊讶,她怎么有那么多的奇思妙想!那些句子是她这个年龄人的句子,是这个时代的句子,我是远远撵不上了,倒生出几多感叹和羡慕。

我曾经给许多人写过序,给许多书画展览、新书发布会站过位,而浅浅要做公开的诗人了,又出版第一本诗集《第一百个夜晚》,我却因别的事外出,不能到现场祝贺,就写几句话赠送她。我要说的是,既然一棵苗子长出来了,就迎风而长,能长多高就长多高,不要太急于结穗,麦子只有半尺高结穗,那穗就成了蝇头。

培养和聚积能量是最重要的,万不可张狂轻佻、投机迎合,警惕概念化、形式化,更不能早早定格,形成硬壳。作家诗人是一生的事,长跑才开始,这时候两侧人说好说坏都不必太在心,要不断向前,无限向前。

最后,我还要说:做好你的人,过好你的日子,然后你才是诗人。

二〇一八年一月六日

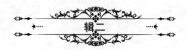

辑二

我的小学

　　小学是在寺庙里,房子都老高老高,屋脊上雕着飞龙走兽,绿苔常年把瓦槽生满,有一种毛拉子草,一到雨天,就肉肉地长出半尺多高来。老师们住在殿堂里,那里原先有个关帝爷,脸色枣一样红,后来搬掉了,胎泥垫了院子。那一对眼珠子,原来是两个上了釉的瓷球,就放大门口的照壁顶上,夜里还在幽幽地放光。两边的廊房,就是教室。上课的是高年级学生。台阶很高,我可以双脚从上边跳下来,但却跃不上去。每次要绕到山墙角儿,却轻轻松松地从那一边石头铺成的漫道上单脚蹦上去。那山墙角地是一棵裂了身子的老苦楝树。树顶上有个老鸦巢,筛筐般大,巢下横枝上吊着一口钟,钟敲起来,那一家老鸦却并无动静,这奇怪使我不解了好几年呢。

　　五岁那年,娘牵着我去报名,学校里不收,我就抱住报名室的桌子腿哭,老师都围着我笑;最后就收下了,但不是正式学生,是一年级"见习生"。娘当时要我给老师磕头,我跪下就磕了,头还在地上有了响声。那个女老师倒把我抱起来,我以为她要揪我的耳朵了,那胖胖的、有着肉窝儿的手,一捏,却将我的鼻涕捏去了。"学生了,还流鼻涕!"大家都笑了,我觉得很丢人,从此就再不敢把鼻涕流下来。因为没有手巾,口袋里常装着杨树叶子,每次进校前就把鼻涕揩得干干净净了。

因为学校教室少,因为我们是一年级学生,那寺庙的大院里没有我们的座位,只好就在院外的一家姓刘的祠堂里上课。祠堂里抹着一块黑板,用土坯垒起一些柱墩,村子里就将夏天河面上的木板桥拆了,架在上边做了课桌。凳子是自带的。我们那时没分家,堂兄堂姐多,凳子有限,我常常抢不到凳子,加上我个子矮,坐在小凳子上又趴不到桌面上,就一直站着听课。实在腿困了,就将家里的劈柴拿来一根,在前后的柱墩上掏出窝儿架好,骑在上边。这种凳子虽然不舒服,但坐上去却从来不打瞌睡。只是课余时间,同学们都拿着凳子在祠堂后的一个土坡上反放着,由上往下"开汽车",我也只好蹾下往下滑,常常把握不好,就一个跟头滚下去,弄得一脸的泥土。

家里没有表,早晨总估摸不了时间,有几次起床迟了,就和娘哭闹。娘后来一到半夜就不敢睡,一边在灯下纳鞋底儿,一边逮那学校的钟声。到了冬天,起来得早,月亮白花花的,我们就在村里喊着同学一块儿去。大家都有书包,我没有,娘将一个小包袱皮给我,严严实实包了,让我夹在胳膊下,我那时很要强,唯这一点总不如人,但娘说没有钱,我也没了办法。祠堂的门关着,班长带着钥匙,他还没有来,我们就在祠堂前跳起舞来。跳的是新学的《找朋友》:"找呀找呀找朋友,找到一个好朋友!"大家很快活,有时找着小霓,有时找着芳芳,就一对一对跳起来。到了三年级以后,这舞就不跳了,而且男的和女的分开来。我曾经和芳芳一块儿踢过毽子,同学们都说我和芳芳好,是夫妻,拿指头羞我,我便和芳芳成了仇人。等到班长来了,开了祠堂门,我们就进去坐在自己的座位上。

祠堂里还黑蒙蒙的,因为没灯,少半时候,我们点些松油节取亮,大半时候就摸黑坐着。黑板上边的墙头上,那时还留着祠堂里的壁画,记得是《王祥卧冰》,虽然不懂得具体意思,但觉得害怕。大家坐下后,都不敢靠墙,也不敢提说那壁画,就闭着眼睛把课文从第一课一直背诵下去。一旦一个人停下来,大家就都停下来,祠堂里静悄悄的。风把方格子窗上的麻纸吹得哗哗响,大家便又都害怕了,一哇声再背诵开来,声越来越高,全为了壮胆。要不,一个忽地跑出去,大家就都往外跑,我常常跑在最后,大呼小叫,声都变了腔。祠堂前的平台下就是荷花塘,冬天里荷花败了,塘里结了冰,大家就去那芦草窝里掏一种鸟儿,或折下那枯莲茎秆,点着当烟吸,呛得鼻涕、眼泪都流下来。

在这个祠堂内,我们坐了两年,老师一直是一个女的,就是捏我鼻涕的那个。她长得很白，讲课的声音十分好听，每每念着课文，就像唱歌儿。我从来没有听到过她这么好听的声音，开头的半年时间里，几乎没有听懂她讲的什么，每一堂却被她的声音陶醉着。所以，每当她让我站起来回答问题时，我一句话也答不出，她就说："你真是个见习生！"见习生的事原先同学们都不知道，她一说，大家都小瞧起我了，以后干什么事，他们就朝我伸小拇头，还要在上边呸呸几口，再说一句："哼，你能干什么，你真是个见习生！"我们就打过几次架。娘后来狠狠揍了我一次，罚我一顿不准吃饭。老师知道了，寻到我家，向我和娘作了检讨，说是她的不对，问我是不是听不懂课。我说："我光听了你的声，你的声好听！"她脸红红的，就笑了。从此，我就下了决心，一定不落人后。老师对我格外好起来，她的声音还是那么好听，但一下课，就来辅导我，惹得同学们都眼红起来。

一年级学完后，老师对我说："你年纪小，不让你升级。"我当下就吓哭了。老师却将我抱起来，说她是哄我，宣布我再也不是见习生了。我一高兴，就叫她"姨姨"，叫完就后悔了。她却并没有恼我，还拧了我一下嘴；她笑了，我也笑了。下午，她拿着成绩单到我家，向娘夸说我乖，学习进步快，娘给她打荷包鸡蛋吃。我便大胆起来，说："老师，你的声音好听，你能给我唱个歌吗？"她就唱起来，腮帮上深深显出两个酒窝，唱完就咯咯地笑。

到了夏天，学校里中午要睡午觉，我们就都不安分，总是等大伙伏在桌上睡着以后,就几个人偷偷到荷花塘里去玩水。胆大的都到深水里去,趴浮,立浮,还有仰浮,将小肚子露在水面。我因为胆小,总是在塘边抓住树根,双脚在水面打着浪花。那些女生就常常告发我们,老师就每次用手在我们胳膊上抓一下,看有没有水锈的白道儿,结果,总要挨一顿剋。但是,水里的诱惑力十分大,我们免不了还是要去,而且每次去时对女生晃晃拳头,再是去了将衣服藏在树丛里,跑到荷花塘深处去玩。有一次,竟被校长发现了,狠狠地批评了老师,老师委屈得哭了。我们知道后,心里很难受,去向老师承认错误;却恨起校长来,就在祠堂门前挖一个坑儿,用泥捏一个胖胖的校长,埋在里边。又是女生告发了,老师在课堂上让我们几个站起来,大发脾气,末了,查出是我的主意,就把我推出教室,将一颗扣子也拉扯掉了。下课后她给我缝扣子,我哭得泪人儿一样,连夜写了检讨书,一直在教室里贴了三天。

我那时最爱语文,尤其爱造句,每一个造句都要写得很长,作业本就用得费。后来,就常常跑黄坡下的坟地,捡那死人后挂的白纸条儿,回来订成细长的本子;一到清明,就可以一天之内订成十多个本子呢。但是,句子造得长,好多字不会写,就用白字或别字替着,同学们都说我是错别字大王,老师却表扬我,说我脑子灵活,每一次作业都批"优秀",但却将错别字一一画出,让我连写三遍。学写大字也是我最喜欢的课,但我没有毛笔,就曾偷偷剪过伯父的羊皮褥子上的毛做笔，老师就送给我一支。我很感谢，越发爱起写大字，别人写一张，我总是写两张三张。老师就将我的大字贴在教室的墙上，后来又在寺庙的高年级教室展览过。她还领着我去让高年级学生参观。高年级的讲台桌很高，我一走近，就没了影儿，她把我抱起来，站在那椅子上。那支毛笔，后来一直用秃，我还舍不得丢掉，藏在家里的宋瓷花瓶里，到了"文化大革命"，破起"四旧"，花瓶被没收了，笔也就丢失了。

从一年级到二年级，我的父亲一直在外地工作，娘要给父亲去信，总是拿着几个鸡蛋来求老师代写，老师硬是不收鸡蛋，信写得老长。到了二年级下半学期，她说："你现在能造句了，你怎么不学着给你父亲写信呢？"我说我不会格式，她说："你家里有什么事情，你就写什么，不要考虑格式！"我真的就写起来，因为家里的事我都知道，都想说给父亲听。比如奶奶的病好转了，夜里不咳嗽了；娘的身体很好，只是唠叨天凉了，父亲的棉衣穿上没有；还有家里的兔又下了崽，现在一共是六只了；狗还很凶，咬伤了三娃的腿，其实是三娃用棍打它，它才咬的；还有我学习很好，考试算术得了一百分，语文得了九十八分，是一个字又写错了……信花了三天才写好，老师又替我改了好多错字，说："以后到高年级做作文，或者长大写文章，你就按这路子写，不要被什么格式套住，想写什么就写什么，熟悉什么就写什么，写清、写具体就好了。"我从那时起就记住了老师的话，之所以如今我还能写些小说、散文，老师当时的话对我影响很大。

这一年，我们上完了二年级。三年级学生可以到寺庙大院里去住了，我们都很高兴。寒假里，同学们都去挖药、砍柴卖钱，商量春节给老师买些年画拜年。到了腊月三十中午，我们就集合起来，拿着一卷子年画，还有一串鞭炮去找老师，但是，老师却不在。问校长，原来她调走了。校长拿出一包水果糖来，说是我们的老师临走时，很想去各家看看我们，但时间来不及了，就买了这糖，让开学后发给我们每人一颗。我们就都哭了。

从那以后，我再也没有见到我的那位老师。在寺庙里读了四年书，后来又到离家十五里外的中学读了三年，就彻底毕业了，但我的启蒙老师一直没有下落。现在是二十五年过去了，老师还在世没有，我仍不知道，每每想起来，心里就充满了一种深深的惆怅。

乡间十九年

一九八三年一月八日，我从城北郊外迁移市内，居于三十六点七平方米的水泥房，五个门开关掩闭不亦乐乎，空气又可流通，且无屋顶漏土，夜里可以仰睡，湿湿虫也不满地爬行，心遂大足！便将一张旧居时的照片悬挂墙上，时时做回忆状。照片上我题有一款，如此写道：

贾平凹，三字其形，其间，其义，不规不则不伦不类，名如人，文如名，丑恶可见也。生于五二年二月二十一日，少时于商山下不出。后入长安，曾怀以济天下之雄心，然无翻江倒海之奇才，落拓入文道，魔蚀骨髓不自拔，作书之虫，作笔之鬼。廿二岁，奇遇乡亲韩××，各自相见钟情，三年后遂成夫妻。其生于旧门，淑贤如静山，豁达似春水。又年后得一小女，起名浅浅，性极灵慧，添人生无限乐气。又一年入城合家，客居城北方新村，茅屋墟舍，然顺应自然，求得天成。为

74

人为文,作夫作妇,绝权欲,弃浮华,归其天籁,必怡然乎和;
家窠平和,则处烦嚣尘世而自立也。

随便戏笔题款,没想竟做了一件大事,完成了而立之年间第
一次为自己作传。今读此传,甚觉完整,其年龄、籍贯、相貌、脾
性,以及现在人极关心的作家的恋爱、家庭、处世态度无不被各方
披露。故《新苑》杂志要求自传,以此应付,偏说太单,迟迟一年有
余不肯再写,惹得杂志社几乎变脸,生怕招来名不大气不小之嫌,
勉强再作一次,发誓以后再不作这般文字,既就老死做神做鬼,这
一篇也权当是自作的墓志铭了。

这是一个极丑的人。

好多人初见,顿生怀疑,以为是冒名顶替的骗子,想唾想骂扭
了胳膊交送到公安机关去。当经介绍,当然他是尴尬,我更拘束,
扯谈起来,仍然是因我面红耳赤、口舌木讷,他又将对我的敬意收
回去了。

我原来是不应该到这个世界上做人的。

娘生我的时候,上边是有一个哥哥,但出生不久就死了。阴
阳先生说,我家那面土炕是不宜孩子成活的,生十个八个也会要
死的,娘便怀了我在第十月的日子,借居到很远的一个地方的人
家生的。于是我生下来,就"男占女位",穿花衣服,留黄辫撮,如
一根三月的蒜苗。家乡的风俗,孩子难保,要认一个干爹,第二天

75

一早,家人抱着出门,遇张三便张三,遇李四就李四,遇鸡遇狗鸡狗也便算作干亲。没想我的干爹竟是一位旧时的私塾先生,家里有一本《康熙字典》,知道之乎者也,能写铭旌。

我们的家庭很穷,人却旺,父辈为四,我们有十,再加七个姐妹,乱哄哄在一个补了七个铜钉的大环锅里搅勺把,六○年分家时,人口是二十二个。在那么个贫困年代,大家庭里,斗嘴吵架是少不了的,又都为吃。贾母享有无上权力,四个婶娘(包括我娘)形成四个母系,大凡好吃好喝的,各自霸占,抢勺夺铲,吃在碗里盯着锅里,添两桶水熬成的稀饭里煮一碗黄豆,那黄豆在第一遍盛饭中就被捞得一颗不剩。这是和当时公社一样多弊病多穷困的家庭,维持这样的家庭,只能使人变作狗、变作狼,它的崩溃是自然而然的事。

我父亲是一个教师,由小学到高中,他的一生是在由这个学校到那个学校的来回变动中度过的。世事洞明,多少有些迂,对自己、对孩子极其刻苦,对来客却倾囊招待,家里的好吃好喝几乎全让外人享用了,以至在我后来做了作家,每每作品的目录刊登于报纸上,或某某次赴京召开某某会议,他的周围人就向他道贺,讨要请客,他必是少则一斤糖一条烟,大到摆一场酒席。家乡的酒风极盛,一次酒席可喝到十几斤几十斤水酒,结果笑骂哭闹,颠三倒四,将三个五个醉得撂倒,方说出一句话来:今日是喝够了!

这种逢年过节人皆撂倒的酒风,我是自小就反感的。我不喜欢人多,老是感到孤独,每坐于我家堂屋那高高的石条石阶上,看着远远的疙瘩寨子山顶的白云,就止不住怦怦心跳,不知道那云是什么,从哪儿来到哪儿去。一只很大的鹰在空中盘旋,这飞物是不是也同我一样没有一个比翼的同伴呢?我常常到村口的荷花塘去,看那蓝莹莹的长有艳红尾巴的蜻蜓无声地站在荷叶上,我对这美丽的生灵充满了爱欲,喜欢它那种可人的又悄没声息的样子,用手把它捏住了,那蓝翅就一阵打闪,可怜地挣扎,我立即就放了它,同时心中有一种说不出的茫然。

这种秉性在我上学以后,愈是严重,我的学习成绩是非常好的,老师和家长却一直担心我的生活"不活跃"。我很瘦,有一个稀饭灌得很大的肚子,黑细细的脖子似乎老承负不起那颗大脑袋,我读书中的"小萝卜头",老觉得那是我自己。后来,我爱上出走,背了背篓去山里打柴、割草,为猪采糠,每一个陌生的山岔使我害怕又使我极大满足。商州的山岔一处是一处新境,丰富和美丽令我无法形容,如何突然之间在崖壁上生出一朵山花,鲜艳夺目,我就坐下来久久看个不够。偶尔空谷里走过一位和我年龄差不多的甚至还小的女孩,那眼睛十分生亮,我总感觉那周身有一圈光晕,轻轻地在心里叫人家是"姐姐",盼望她能来拉我的手,抚我的头发,然后长长久久地在这里住下去,这天夜里,十有八九我又会在梦里遇见她的。

我读完小学,告别了那墙壁上端画满许多山水、神鬼、人物的

77

古庙教室。我以优异的成绩考上初中后，便又开始了更孤独、更困顿、更枯燥的生活。印象最深的是吃不饱，一下课就拿着比脑袋还大的瓷碗去排队打饭。这期间，祖母和外祖母已经去世，没有人再偏护我的过错和死拗，村里又死去了许多极熟识的人，班里的干部子弟且皆高傲，在衣着上、吃食上以及大大小小的文体之类的事情上，用一种鄙夷的目光视我。农家的孩子愿意和我同行，但爬高上低魔王一样疯狂使我反感，且他们因我孱弱，打篮球从不给我传球，拔河从不让我入伙，而冬天的课间休息在阳光斜照的墙根下"摇铃"取暖，我是每一次少不了被作"铃胡儿"的噩运。那时候，操场的一角呆坐着一个羞怯怯的见人走来又慌乱瞧一窝蚂蚁运行的孩子，那就是我。我喜欢在河堤堰上抓一堆沙窝里的落叶燃起篝火，那烟丝丝缕缕升起来可爱，那火活活腾起来可爱。

　　不久，"文化革命"就开始了。"文化革命"开始的同时，也便结束了我的文化学习。但也就在这一年，我第一次走出了秦岭，挤在一辆篷布严实的黑暗的大卡车到了西安"串联"。那是冬日，我们插楔似的塞在车厢，周身麻木不知感觉，当我在黑龙口停车小解时，用手狠狠地拔出自己的脚来，脚却很小了，还穿着一只花鞋，使我大惑不解，蓦地才明白拔出的不是我的脚，忙给旁边那一位长得极俏的女孩笑笑，她竟莫名其妙，她也是不知道她的脚曾被我拔动过。西安的城市好大，我惊得不知怎么走。同伴三人，一人牵一人衣襟,脑袋就四方扭转。最叫我兴奋的是城里人在下雨天撑有那么多伞,全不是竹制的、油布的。一把细细的铁棍,帆布有各种颜色。我多么希望自己有那么一把伞,曾痴痴地看着一个女子撑着伞从面前过去,目送人家消失,而险些被一辆疾驰的自行车撞倒。在马路口的人行道上,一个姑娘一直在看我,我觉得挺奇怪,回看她时,她目光并没有避,还在定定看我。冬天的太阳照着她,她漂亮极了,耳朵下的那块嫩白白的地方,茸茸可爱的鬓发中有一颗淡墨的痣,正如一只小青蛙遇到了一条蟒蛇,蛇的眼睛可爱可怕,但却一直看着蛇眼走近它。我站在了姑娘的面前。"你从哪里来?"她问。"山里。""山里和城里哪儿不一样?"她又问。"城里月亮大,山里星星多,"我如实说了,还补充一句,"城里茅坑(厕所)少。"她嘎嘎笑了一阵就起身跑了,我看见她在不远的地方给她的朋友们讲述我的笑话,但我心里极度高兴,这是第一个和我说话的城里人,至今我还记得起她漂亮的笑容。

串联归来,武斗就开始了。我又拎起那只特大的每星期盛满一次酸菜供我就饭的瓷罐回到村子里。应该说,从此我是一个小劳力,一名公社的社员。离开了枯燥的课堂,没有了神圣可畏的老师,但没有书读却使我大受痛苦。我不停地在邻村往日同学的家里寻借那些没头没尾的古书来读,读完了又以此去与别的人的书交换。书尽闲书,读起来比课本更多滋味,那些天上地下的,狼虫虎豹的,神鬼人物的,一到晚上就全活在脑子里,一闭眼它就全来。这种看时发呆看后更发呆的情况,常要荒辍我的农业,老农们全不喜爱我做他们帮手,大声叱骂,作践。队长分配我到妇女组里去做活儿,让那些三十五岁以上的集所有人世的忌妒、气量小、说是非、庸俗不堪诸多缺点于一身的婆娘来管制我,用唾沫星子淹我。我很伤心,默默地干所分配的活儿,将心与身子皆弄得疲累不堪,一进门就倒柴捆似的倒在炕上,睡得如死了一样沉。

阴雨的秋天,天看不透,墙头,院庭,瓦槽,鸡棚的木梁上金铜一样生绿,我趴在窗台上,读鲁迅的书:

"……墙外有两株树,一株是枣树,还有一株也是枣树。"

我的眼里噙满了泪水。

我盼望着"文化革命"快些结束,盼望当教师的父亲从单位回来,哪一日再能有个读书的学校,我一定会在考场上取得全优的成绩,一出考场使所有的孩子和等在考场外的孩子的父母对我有一个小小的忌妒。然而,我的母亲这年病犯了,她患得胁子缝疼,疼起来头顶在炕上像犁地一样。一种不祥的阴影时时压在我的心上,我们弟妹泪流满面地去请医生,在铁勺里烧焦蒿麻油辣子水给母亲喝。当母亲身子已经虚弱得风能吹倒之时,我和弟弟到水田去捞水蜗牛,捞出半笼,在热水中煮了,用锥子剜出豆大一粗白肉。我们在一个夜里关了院门,围捕一只跑到院里的别人家的猫,打死了,吊在门闩上剥皮。那是惊心动魄的一幕,剥出的猫红赤赤的十分可怕,我不忍心再去动手。当弟弟将猫肉在锅里炖

80

好了端来吃,我竟闻也不敢闻了。到了秋天,更不幸的事情发生了,父亲,忠厚而严厉过分的教师,竟被诬陷定为历史反革命分子而开除公职遣回家来劳动改造了。这一打击,使我们家从此在政治上、经济上没于黑暗的深渊,我几乎要流浪天涯去讨饭!父亲遣回的那天,我正在山上锄草,看见山下的路上有两个背枪的人带着一个人到公社大院去,那人我立即认出是父亲。锄草的妇女把我抱住,紧张地说:"是你老子,你快回去看看!"这些凶恶的妇女那时变得那么温柔、慈祥,我永远记着那一张张恐惧得要死的面孔。我跑回家来,父亲已经回来了,遍体鳞伤地睡在炕上,一见我,一把揽住,号声哭道:"我将我儿害了!我害了我娃啊!"父亲从来没有哭过,他哭起来异常怕人,我脑子里嗡嗡直响,什么也看不见,什么也听不见。

家庭的败落,使本来就孱弱的我越发孱弱。更没有了朋友,别人不到我家里,我也不敢到别人家去,最害怕是那狗咬了。那是足足两年多时间,直至父亲平反后,我觉得我是长大了,懂得世态炎凉,明晓了人情世故。我唯一的愿望是能多给家里挣些工分,搞些可吃的东西。在外回家,手里是不空过的,有一把柴火捡起来夹在胳膊下,有一棵菜拔下装在口袋里。我还曾经在一个草窝里捡过一颗鸡蛋,如获至宝,拿回家高兴了半天。那时间能安我心的,就是那一条板的闲书了。这是我收集来的,用条板整整齐齐放在楼顶上。劳动回来就爬上去读,劳动了,就抽掉去楼上的梯子。父亲瞧我这样,就要转过身去悄悄抹泪。

忘不了的,是那年冬天,我突然爱上村里一个姑娘,她长得极黑,但眉眼里面楚楚动人。我也说不清为什么就爱她,但一见到她就心情愉快,不见到她就蔫得霜杀一样。她家门口有一株桑葚树,常常假装看桑葚,偷眼瞧她在家没有。但这爱情,几乎是单相思,我并不知道她爱不爱我,只觉得真能被她爱,那是我的幸福,我能爱别人,那我也是同样幸福。我盼望能有一天,让我来承担为其双亲送终,让我来负担他们全家七八口人的吃喝,总之,能为她出力即使变一只为她家捕鼠的猫看家的狗也无上欢愉!但我不敢将这心思告诉她,因为转弯抹角她还算作我门里的亲戚,她老老实实该叫我为"叔";再者,家庭的阴影压迫着我,我岂能说破一句话出来?我偷偷地在心里养育这份情爱,一直到了她嫁于别人了,我才停止了每晚在她家门前溜达的习惯。但那种钟情于她的心一直伴随着我度过了我在乡间生活的第十九个年。

十九岁的四月的最末的一天,我离开了商山,走出了秦岭,到了西安城南的西北大学求学。这是我人生中最翻天覆地的一次突变,从此由一个农民摇身一变成城里人,城里的生活令我神往,我知道我今生要干些什么事情,必须先得到城里去。但是,等待着我的城里的生活又将是个什么样呢?人那么多的世界有我立脚的地方吗?能使我从此再不感到孤独和寂寞吗?这一切皆是一个谜!但我还是走了,看着年老多病的父母送我到车站,泪水婆娑地叮咛这叮咛那,我转过头去一阵迅跑,眼泪也两颗三颗地掉了下来。

作于一九八五年七月二十九日病中

西大三年

——十五年后的记忆

一九七二年四月二十八日,汽车将一个十九岁的孩子拉进西大校内,这孩子和他的那只绿皮破箱就被搁置在了陌生的地方。

这是一个十分孱弱的生命,梦幻般的机遇并没有使他发狂,巨大的忧郁和孤独,他只能小心翼翼地睁眼看世界。他数过,从宿舍到教室是五百二十四步,从教室到图书馆是三百零三步。因为他老是低着头,他发现学校的蚂蚁很多。当眼前有了好些各类鞋脚时,他就踽踽地走了,他走的样子很滑稽,一只极大的书包皮,沉重使他的一个肩膀低下去,一个肩膀高上来。

他唯有一次上台参加过集体歌咏,其实嘴张着并没有发声。所以,谁也未注意过他,这正合他的心境。他是一个没有上过高中的乡下人,知识的自卑使他敬畏一切人,悄无声息地坐在阅览室的一角,用一个指头敲老师的家门,默默地听同窗的高谈阔论。但是,旁人的议论和嘲笑并没有使他惶恐和消沉,一次政治考试分数过低,他将试卷贴于床头,早晚让耻辱盯着自己。

　　他当过宿舍的舍长,当然尽职尽责。遗憾的是他没有蚊帐,夏夜的蚊子轮番向他进攻。实在烦躁到极致,他反倒冷静了,想:小小的蚊子能吃完我吗? 这蚊子或许是叮过什么更有知识的人的,那么,这蚊子也是知识化了的蚊子,它传染给我的也一定是知识吧。冬天里,他的被子太薄,长长的夜里他的膝盖以下总是凉的,他一直蜷着睡,这虽然影响了他以后继续长高,但却练就了他善于聚集内力的功夫。

　　他无意于将来要当作家,只是什么书都看,看了就做笔记,什么话也不讲。当黄昏一人独行于校内树林子里,面对了所有杨树上那长疤的地方,认定那是人之眼,天地神灵之大眼,便充裕而坚定,长久高望树上的云朵,总要发现那云活活的是一群腾龙跃虎。

　　他的身体先还较好,虽然打篮球别人因个子小不给传球而从此兴趣殆尽,虽然他跳不过鞍马,虽然打乒乓球尽败于女生,但是,当一次献血活动,被抽去三百毫升之后又将血费购买书了,不久就患了一场大病,再未恢复过来。这好,他却住了单间,有了不上操、不十点熄灯的方便了,但创作活动也于此开始。当今有人批评他的文章多少有病态意味,其实根因也正在此。

　　最不幸的是肚子常饥,一下课就去站长长的买饭队,叮叮当当敲自己的碗筷,而一块玉米面发糕和一勺大混菜,总是不品滋味地胡乱扒下肚。他有他的改善生活日,一首诗或一篇文章写出,四角五分钱的价格,他可以去边家村食堂买一碗米饭和一碗鸡蛋汤。因为饭菜的诱惑,所以他那时写作极勤。但他的诗只能在班壁报上发表。

他忘不了的是授过他知识的每一位老师,年长的,年轻的。他热爱每一个同学,男性的,女性的。他梦里还常梦到图书馆二楼阅览室的那把木椅,那树林子中的一块怪模怪样石头,那宿舍窗外的一棵粗桩和细枝组合的杨树,以及那树叶上一只裂背的仅是空壳了的蝉。

整整十五年后,他才敢说,他曾经撕过阅览室一张报纸上的一块文章,而且是预谋了一个上午。他掏三倍价为图书馆赔偿的那本书,说丢了那是谎言,其实现在还保存在他的书柜里。他在学校偷偷吸烟。他远远看见一个留辫子的女学生而曾作过一首自己也吃惊的情诗。

一九七五年的九月,他毕业了,离开校门,他依旧提着那只绿皮破箱,又走向了另一个陌生的地方。

一九九〇年

86

我的台阶和台阶上的我

在我的书架上写有四个字：穷极物理。因为我无所知，所以我无所不欲知。一到夜里，躺在床上就习惯于琢磨，琢磨世上的事，琢磨别人，也琢磨我自己。自己亲近自己太易，自己琢磨自己太难。我说不清我是个什么样的人物：得意时最轻狂，悲观时最消沉，往往无缘无故地就忧郁起来了；见人遇事自惭形秽的多，背过身后想入非非的亦多；自我感觉偶尔实在良好，视天下悠悠万事唯我为大，偶尔一塌糊涂，自卑自弃，三天羞愧不想走出门去。甚至梦里曾去犯罪：偷盗过，杀人过，流氓过。但犯罪皆又不彻底，伴随而来的是忏悔、自恨，这种自我的心理折磨竟要一直影响到第二天的情绪。

我说，我是一个好人，也是一个坏人，是坏好人。

现在农历二月二的惊雷快要响了。一声惊蛰之后，我就是三十一岁了。讲经的人说，人死后是可以上天国的。如果确实有那么一个天国,人的一生是从诞生的时辰就开始这种长涉的吧? 去天国的路应该是太阳的光线,那就是极陡极峭的了。一年一岁,便是一个台阶啊!

一位伟人又说了:作为一个作家,将来去了天国,上帝是会请吃糖果的。天国里有什么好景,自不可知,但糖果是诱人的。十三年前的那阵,这诱惑便袭上我的心灵。于是从那时起,对于我来说,人生的台阶就是文学的台阶,文学的台阶也就是人生的台阶了。

一九七一年。

我是个农民,穿着一件父亲穿旧了的长过膝盖的中山装,样子很可笑。因为我口笨,说不了来回话,体力又小,没有几个村人喜欢和我一块儿干活。我总是在妇女窝里劳动的,但妇女们一天的工值是八分,我则只有三分。半年后我被提升了,工分多加了五厘。我去砍柴,一程三十里地,我只能背五十斤。滚坡过一次,只说粉身碎骨了,偏大崖上三棵桦树拉住了我;独独的三棵桦树啊,我又活在了人间。邻居一位婶娘讥笑我不如人,我指着门前公路上一位骑自行车妇女,反诘道:"人家女人能骑自行车,你行吗?"

同伴们都开始定媳妇了,我没有。娘很急,四处托媒,我倒火了,将李太白的诗写在山墙上:"天生我材必有用。"

公社兴修一座大水库，我跑去了，干了三天，我拉不动车子，也抢不了大锤，被开销了。过不久又去，毛遂自荐会写毛笔字，可以刷标语，于是大获成功。后来竟成"工地战报"的主编、编辑、记者、刻写、油印、发行、广播，集七职于一身。日子很清苦，工地偶尔改善生活，吃一次肉，每人三片。我吃一片，两片用蓖麻叶包了，夜里跑十里山路回去让娘吃。

为了活跃战报的版面，我学会写各类字体，学会画插图，学着写诗。有一首诗反应不错，有人鼓动让投寄省报去，说发表了可以得稿费。我心动了，誊抄清楚，赶回家去邮寄，但没有钱买邮票。向娘要，娘不给。我说："借八分钱，过十天了，一定还五角!"稿子投去后，从第二天起，就留心省报。一天过去，五天过去，乡邮递员一到工地，迎接的就是我。我把报纸从头至尾翻看，寻我的诗作，但是没有。就盼着明天的报，明天又盼着后天的报，如此半月过去，如泥牛入海，毫无消息。忍不住问一位老大学生，他大笑，说："编辑早把你的稿子揩了屁股了!"我失望了，再也不敢做投稿的事;欠娘的钱，娘忘了，我也装着忘了。

一九七二年。

五月份，偶然的机会，我竟到西北大学读书了。

从山沟走到西安，一看见高大的金碧辉煌的钟楼，我几乎要吓昏了。街道这么宽，车子那么密，我不敢过马路。打问路程，竟无人理睬。草绳捆一床印花被子，老是往下坠。我沿着墙根走，心里又激动、又恐慌。坐电车，将一顶草帽丢失了。去商店，看见了香肠，不知道那是什么，问服务员，遭到哄堂大笑。我找不着厕所，急得变脸失色，竟大了胆儿走进一个单位的楼上，看见"男厕所"字样进去，却见一排如柜一样的摆设，慌忙退出来；见有人也进去了，系着裤带走出来，便疑惑地又进去。水火无情，逼得我一拉那柜的门儿，才发现里边正是大便池子。

到了学校，第一次不睡土炕，总不踏实，老听见远处的火车声叫。真想娘，眼泪哗哗地流下来。

老师要求每一个新生写一篇入校感想，不知怎么，我突然想作一首诗，结果写得很长。交上去，三天后，第一期校刊出版了，上边尽是教师们的诗文，作为学生的，仅仅是我那一首诗。消息不胫而走，我成了同学们中的新闻人物。我走路还是老低着头，但后腰骨硬硬的，心里说：西安有什么了不起呢？诗这玩意儿挺好弄嘛！当年想当作家、诗人的梦，又死灰复燃了。

到城里的大街上去，风度翩翩的城市人乜视着我，我也回报着乜视，默默地背诵着一九五八年的一首民歌："天上没有玉皇，地上没有龙王，喝令三山五岭开道，我来了！"

一九七三年。

我几乎天天在作诗了，夜夜像初下蛋的母鸡，烦躁不安地在

90

床上构思;天明起来,坐在被窝里拿笔记下偶尔得到的佳句。一天总会有一首诗、两首诗出来,同学们都叫我"小诗人"。

在校刊上又连续发表了几首,我便有些不满足了,想冲出校门,杀到西安市去。我得空就往市里的一家报社和一家刊物的编辑部跑动了。我没有钱坐车,我有两条能跑的腿。常常就误了吃饭。编辑部的大门,我看作如阎罗殿一般森严。小跑去了,却总在门口徘徊许久,紧张得手心直冒汗。在编辑面前,人家不让坐,我是不敢坐的。他们的每一句话,我只是往心上记。我认识了两位编辑,脸色不好看,言辞又都生硬,但皆诚挚;每每看过我的习作,劈头盖脸砸一通后,又说比前一篇强了,要我再写,又提供一些书目去读。我太感激他们了。源源不断地将稿子送给他们,他们又源源不断地退还给我。半年多过去了,我写了十几万字的小说、散文、故事、诗歌,竟没有一个变成铅字。但我感觉良好,总相信我还能写。每写出一篇,为了刺激鼓励自己,我就偷偷一个人到校外食堂去,买四两面条,或是两个馍、一碗鸡蛋汤,慰劳一番。

我四处求教。但凡在文学上有一字指点,便甘心三生报恩不忘。有一次,同一位同学骑自行车去找一个诗人指导诗文。边骑边讨论,车过十字路口,竟忘了躲避交警,结果连人带车扣住,挨了一顿辱骂、两拳击打。要么罚款十五元,要么没收自行车。我俩眼泪汪汪。十五元谈何容易?自行车又是借来的!雪地里仰天长叹。无奈,去商店讨了一张包装纸,买了一支铅笔,又买了一把七分钱小刀削了,趴在马路上写检讨,把罪恶的帽子全部戴在头上,把最求饶的语言全部连接。五个小时后,终于感动了上帝,自行车要回来了。诗文没有得到指点,但从此知道了"无产阶级专政"的厉害。至今骑车上街,一到十字路口,老远就下来推着走了。

一九七四年。

就在我完全没有希望的时候,我的第一次真正的创作,一篇两千字的散文,在《西安日报》上发表了。

这天是星期天,我抱着几件旧衣服到城中一家小店里去缝补。缝补的价钱很高,那个红鼻子的老头惹我生了一肚子气。路过市邮政大楼前,那里有一个卖报的小摊,无意朝报摊上瞥了一眼,那报纸上显赫地有一行大字:《深深的脚印》。我立即目光直了,跳将过去,果然看见了铅字打出的我的名字。我锐声叫了一下,四周的人都看我,我自知失态,面烧如炭,赶忙逃走了。逃走得当然不很远,等四周的人散去,就想立即去购得十张二十张。但摸摸口袋,仅剩二角钱。我故意慢腾腾地满不在乎地重新走近报摊,说:"买十张!""十张?"卖报人戴着眼镜,镜片一圈一圈像烧酒瓶底,看了我一会儿,说:"你这中学生,买那么多干啥? 包辣面吗?"我很窘,想说:"谁是中学生,这上边的文章就是我写的呢!"但我不好意思说出来。卖报人只卖给一张,声称不要糟蹋了新报。我只好买了一张。

当天夜里,我给父亲写了一封信,告诉了这一重大喜讯。信上说:"我开始有了脚印了!"但这张报纸我没有给父亲寄,因为报社赠我的样报还未收到,我要留着每天晚上温习一遍呢。

一九七五年。

我写得越多,我越不是个好学生,班干部常常来提醒我"只专不红"的危险。一次一次写入党申请书,一次一次当班上宣布"党员留下",我便起身走了。我仅仅是一个团员,当同学提议让我作为团小组长的候选人时,有人就训起提名人:"你怎么能提到他?!"我那时很苦闷,恨自己不会找领导"谈心",恨自己能写诗文而写的大批判文章总是不能让人家满意。有一位干部让我猜一条谜语:"晚上不睡觉,早上不起来,起来不吃饭,就往教室跑。"说是打一人,问我是谁。我说:"我。"说完一个人跑到阅览室后的花园里,委屈地抹了一把眼泪。

我很想喝酒,没有钱。学会了吸烟,九分钱一包的"羊群"烟,每天规定根数来吸。那时正与一同学合作写一部抒情长诗,写得疲倦,掏烟来吸,竟遭到有钱抽"大前门"的学生的斥责,嫌其劣等烟草呛人。

诗写成功了,与别人的长诗合在一起出了书。我和我的合作者特意各筹集了二元五角,进城玩了一天,照了四寸纪念相,逛了一次公园,下了一顿饭馆,又买了一包高级烟,给那位斥责我们的同学敬了一根,说声"谢谢"。但是,当我们去一家小书店购买十本我们的书时,时髦的女售货员总是不理睬我们。这是个胖脸的女人,脸上白粉很重,眉毛也涂白了。我们喊她喊得紧了,她说:"那是诗!看得懂吗?看了就不许退!"热热的心被一盆水泼凉了。我们说:"就要那本书。"傲慢的女子在我们拿书走出门时,还在奚落:"什么人也买诗集?!"我说:"哼,这书就是我写的呢!等着瞧吧,说不定将来你会给我写求爱信呢!"这话是我走出书店三千米远的一个拐角说的。两年后,觉得这种话虽然她没有听到,但实在太粗野,想去对她忏悔一下,但去过两次,却再找不见她了。

一九七六年。

一条破被子,一件小褥子,一条床单,一块塑料布,伴随了我三年大学生活。冬天的夜里很冷,就借同学们的大衣覆盖;一到下雪天,大衣借不到,夜夜只好蜷着。我至今笑着对一些朋友说:现在个儿不高,全是那时睡觉伸不直所致。夏天,一宿舍六人,五人有蚊帐,我没有;蚊子全集中到我身上,可幸那时比现在胖,有的是喂蚊子的血。只是那时还支援越南,要求学生献血,我被抽去三百毫升,补养费二十元,我舍不得去吃喝,全买了书。身子从此垮下来,以致到今日面如黑漆,形如饿鬼。

好了,总算毕业了。按条件,我是该回山区去教学,但省出版社的同志却硬要了我去。我摇身变成了一位编辑,分住在五楼的一个六平方米的斗室里。

一九七七年。

我自由了,可以尽情地抽劣等烟了,可以彻夜不熄灯地看书写作了,可以不发愁没稿纸了,可以不再四处搜寻牛皮纸糊寄稿信封了。房子很乱,到处都是书、纸,谁也不来敲我的门。我一进去,就进入了创作的境界,我什么也不担心,只担心发生火灾。有人要和我换房,我拒绝了,因为我没有手表,但隔窗一眼就能看清报话大楼上的大钟表,还能看见城市的日出。单位人讥笑这六平方米是个鸡窝,我却写了三个字贴在门框上:凤凰阁。

快活的日子没有多久,我便陷于极端的愁苦之中。社会上的复复杂杂,单位上的是是非非,工作上的磕磕绊绊,爱情上的纠纠缠缠,我才知道了一个山地儿子的单纯,一个才走出校门的学生的幼稚。我一面读中外名著,一面读社会的大书。我开始否定了我那些声嘶力竭的诗作,否定了我一向自鸣得意的编故事的才能,我要写我熟悉的家乡的人和事,我要在创作中寻找我自己的路,想出的口号是:打出潼关去!

稿子向全国四面八方投寄,四面八方的退稿又涌回六平方米的斗室。我开始有些心冷,恨过自己的命运,也恨过编辑,担心将来一事无成,反误了如今青春年华,夜里常常一个人伴着孤灯呆坐。但竟有这样的事发生:熬眼到下一点,困极了,只要说声睡,立即就睡着了;如果再坚持熬会儿,熬过了眼,反倒没瞌睡了。于是想:创作也是如此吗? 就发奋起来,将所有的退稿信都贴在墙上,抬头低眼让我看到自己的耻辱。退稿信真多,几乎一半竟是铅印退稿条,有的编辑同志工作太忙了,铅印条子上连我的名字也未填。

水泥楼上没有大梁,要不,系条绳,吊个苦胆,我要学勾践了。

一九七八年。

创作是没有格式的,但有其艺术的规律,总算摸出点门道了。原来创作之大门,未走进去的时候,门厚如城墙;一旦走进去,却薄如一张竹纸。稿子的采用率逐渐在提高。我着了魔似的写,先安徽,后上海,再北京,再广州,这些大地面我至今还未去过,大地面的大刊物却被我的稿件几进几出。

《满月儿》在京获奖,赴京的路上我激动得睡不着、吃不下。临走时我一连写就了七八封信给亲朋众友,全带着,准备领奖的那天从北京发出。但一到北京,座谈会上坐满了老作家,坐满了新作家,谈谈他们的作品,看看他们的尊容,我的嚣张之气顿然消失。唉,我有什么可自傲的呢? 不到西安,不知道山外的世界大小;不到北京,不知道中国的文坛高低。七八封告捷的信被我一把火烧了。

颁奖活动的七天里,我一语不发。我没什么可发的。夜里一个人在长安街头上走,冷风吹着,我只是走。我自言自语说了许多话,这话我是给我说的,我不想让任何人知道。所以,直到现在,请原谅我还是不能披露出来。

回到家,我把获奖证书扔给了妻子,对她说:请把它压在箱子底,永远不要让人看见!

一九七九年。

这一年,文坛上新人辈出,佳作不断。惊叹别人,对照自己,我又否定起我前段的作品,那是太浅薄的玩意儿了。我大量地读书,尽一切机会到大自然中去,培养着作为一个作家的修养,训练着适应于我思想表达的艺术形式。我不停地试探角度,不断地变换方式,我出版了三本小书,却不愿意对人提起这些书名,不愿意出门见人,不愿意让外人知道我是谁。

从夏天起,病就常常上身,感冒几乎从没有停止,迟早的晚上鼻子总是不顺通。我警告着自己:笔不能停下来。当痔疮发炎的时候,我跪在椅上写,趴在床上写;当妻子坐月子的时候,我坐在烘尿布的炉子边写。每写出一篇,我就大声朗读,狂得这是天下第一好文章。但过不了三天,便叹气了,视稿子如粪土一般塞在柜屉里。

冬天里,爱人调进了城,我的脾气却越来越暴躁了,动不动就发火,小两口常常闹气。每一次气都是我惹起来,每一次闹起来都以我失败告终。我知道这全是由我的创作不长进的烦恼所导致的,我恨死了我这个没出息的丈夫,一个孱头男人。

一九八〇年。

沉沉闷闷的一年,像一堆湿柴火,没有生焰,只是冒烟。终于攻出了一批文章,外界的反应不错,增加了我的信心。比较起来,我有些得心应手了,而且习惯了一种战法:思考了什么,就写出一篇;写出一篇,就写出一批;一批写完,就重新开辟领地。评论家们对我的作品有了注意,评价文章骤然多了起来,似乎是有些小名气了呢。

我的得意劲儿又滋生了,耐不得寂寞,耐不得孤独,喜欢听好听的。

有了小名,有了小钱,小家庭也完满了,两本小书又编辑了,好一个"春风得意马蹄疾,一日看尽长安花"!

一九八一年。

我什么都想写,顺心所欲。开始了学写中篇,开始了进攻散文,诗的兴趣也涨上来了。又爱起了书法、绘画、戏曲。又是没黑没明地干,又是扬扬得意的轻狂。

一九八二年。

一批又一批作品的发表,我等待着它们的爆炸,等待着社会的赞美,但是,回答我的,却是评论家的批评。批评得多么严厉啊! 随之,社会上对我的谣言四起,说我写得多,是掏钱雇用了三四个人专门提供情节、细节呀;说我犯了大错误了,被开除了;甚至说我已被下放,赶出城去了。我蒙了,不知所措,不知道该怎么办,路该如何走。一个人在没人处真想哭。

明月夜里,我坐在城北的铁道边,听着火车一趟又一趟的轰隆声。

半个多月,我不再写一个字。我得好好想想,再一次将所有的批评言论翻出来,一一思考。我慢慢冷静,有则改之,无则加勉。我在日记中写道:平凹,你要是个没出息的,你就沉沦吧,一蹶不振吧。要是把文学当作一生的事业,就不必为一时的成功而得意,也不必为一时的挫折而气馁。铁锤砸碎的只能是玻璃,宝剑却得到了锻炼。

我总结着我的过去:生活积累还是不深,理论学习还是欠缺,艺术修养还是浅薄。

我请人画了一张达摩图,决心从头开始:深入生活,研究生活,潜心读书,寂寞写作。于是,拒绝参加一切出人头地的会,躲避去文学讲习班上做报告,推辞到一些报刊创作颁奖会上领奖。

一九八三年。

思考仍在进行,创作仍在继续,作品仍有奖励的,也仍有争鸣的。

各级领导给我亲切的指导,众多的读者给我热切的鼓励。我脱离了编辑部,在家专职搞起创作。我有时间了,平心静气地去从事我的事业了。我出奇地变得豁达起来:有奖,我也去领;有批,我诚恳接受;该笑,就放声大笑;该检讨,就认真检讨。我对妻子说:"现在,全家要保障我这个重点了!"出门十一次,除了去年一些必须开的会议外,大都下乡去了。当然,不可能一下子吃个胖子,不可能立即拿出像样的作品。我将我的创作视为试验,或许这个试验很长、很长,甚至是整个一生。但我在鼓励自己:写吧,好的作品还没有写出来,就看你的了! 坚信只要我忠实于艺术,艺术必会有一天与我亲近的。

三十岁了,自立之年。生日那天,我请了一次客,说:"朋友们,为了我的慢慢成熟,干杯吧!"我自己先喝醉了。

弹指十三年了,十三个台阶爬得我很累。妻子搬进城来,我先在西安北郊的静虚村居住,如今移到了城中的五味什字巷里。我构思了一幅画:我拽着碌碡在上台阶,我不敢松劲,一松劲,碌碡就滚下去了。可惜我画功太差,不能作出。我知道前面的台阶还很长,一级一级还很高。我体力不行,气喘得厉害,眼看着大队人马都从我身边一跃而上了,我只是揉腿、捶腰。但是,我的眼光在看着台阶,我说,要到天国去,要得到糖果,我的出路只有上台阶,只有沿着台阶往上走。夸父不到大海就渴死了,他死得悲壮。我或许在半路上也要倒下,但是即使倒下,我仍是一个上台阶的鬼。我在房子里重新换上了一个镜框,上边写了日本电视剧《排球女将》的主角小鹿纯子的话:

"我的目标是——奥林匹克运动会!"

一九八四年二月十七日

六十岁后观我记

一、书案上时常就发现一根头发。这头发是自己的,却不知是什么时候掉的。摸着秃顶说:草长在高山巅上到底还是草,冬一来,就枯了!

二、听人说,突然地打一个喷嚏定是谁在想念,打两个喷嚏是谁在咒骂,连打三个喷嚏就是感冒呀。唉,宁愿感冒,也不去追究情人和仇人了,心脏已经平庸,经不住悲,经不住喜,跳动的节奏一乱,就得出一身的冷汗。

三、一直以为身子里装着一台机器,没想到还似乎住了个别的,或许是肠胃里,或许是喉咙里和鼻腔里,总觉得有说话声。说些什么,又听不懂。

四、脚老是冷,尤其怕风,睡觉首先得把被角窝好,但弄不明白往往脚上不舒服了,牙咋就疼。疼得拔掉了四颗,从此少了四块骨头,再不吃肉。

五、自感新添了一种本事,能在人里认出哪一个是狼变的,哪一个是鬼托生的。但不去说破。开始能与高官处得,与乞丐也处得,凡是来家都是客,走时要送到楼道的电梯口了,说:这是村口啊!

六、花不了多少钱了,钱就是纸;喝不了多少酒了,酒就是水。不再上台站,就不再看风景;不在其位,就不再作声。钟不悬,看钟就是一疙瘩铁么。

七、吃的越来越简单,每顿就是一碗饭。却过生日不告诉人了,自己给自己写一条幅:补粮。并题款:寿之长短在于吃粮多少,故今日补粮三百担。

八、是相信着有神,为了受命神的安排而沉着,一是在家里摆许多玉,因为古书上有神食玉的记载;二是继续多聚精神写作,聚精才能会神。

九、肯花大量的精力和钱去收购佛像了,为的是不让它成为商品在市场上反复流转。每日都焚香礼佛了,然后坐下来吃纸烟,吃纸烟自敬。

十、啥都能耐烦了。

十一、不再使用"最"字。晓得了生活中没有什么是最好,也没有什么是最坏。不再说谎,即使是没恶意,说一个谎就需要十个谎来圆,得不偿失,又太累人。

十二、没有了见到新土地就想着去撒种子的冲动,也戒了在雪上踩泥脚印子的习惯。但美人还是爱的,而且乐意与其照相,想着怎样去衬出人家的美。

十三、早晚都喜欢开窗看天,天气就是天意,该热了减衫,该冷了着棉。养两盆绿萝,多注目绿萝,叶子就繁,像涂了蜡一样光亮。养一只大尾巴猫,猫尾大了懒,会整日地卧在桌前打鼾,倒觉得坦然。

十四、劈自家的柴生自家的火吧。火小时一碗水就浇灭了,不怨水;火大了泼一桶水都是油,感谢油。

十五、蜂酿蜜如果是在遭天毒,自己几十年也是积毒太多,就不拒绝任何人任何事了,包括吃亏、受骗、委屈和被诽谤,自我遭毒着,别人也替代着遭毒。

十六、每到大年三十夜里,肯定回老家去父母坟头点灯,知道自己是从哪儿来的。大年初一早上,肯定拿出规划来补充,六十五到七十、七十到八十、九十、一百,哪一年都干啥,哪一月都干啥,越具体越好。生命是以有价值而存在的,有那么多的事情往前做,阎王就不来招呼,身体也会只有小病不致有大病了。

二〇一二年

辑三

商州又录

小序

去年两次回到商州,我写了《商州初录》。拿在《钟山》杂志上刊了,社会上议论纷纷,尤其在商州,《钟山》被一抢而空,上至专员,下至社员,能识字的差不多都看了,或褒或贬,或抑或扬。无论如何,外边的世界知道了商州,商州的人知道了自己,我心中就无限欣慰。但同时后悔《商州初录》太是粗糙,有的地名太真,所写不正之风的,易被读者对号入座;有的字句太拙,所旨的以奇反正之意,又易被一些人误解。这次到商州,我是同画家王军强一块儿旅行的,他是有天才的,彩墨对印的画无笔而妙趣天成。文字毕竟不如彩墨了,我只仅仅录了这十一篇。录完一读,比《商州初录》少多了,且结构不同,行文不同,地也无名,人也无姓,只具备了时间和空间,我更不知道这算什么样的文体,匆匆又拿来求读者鉴定了。

商州这块地方,大有意思,出山出水出人出物,亦出文章。面对这块地方,细细作一个考察,看中国山地的人情风俗,世事变化,考察者没有不长了许多知识,清醒了许多疑难,但要表现出来实在是笔不能胜任的。之所以我还能初录了又录,全凭着一颗拳拳之心。我甚至有一个小小的野心:将这种记录连续写下去。这两录重在山光水色、人情风俗上,往后的就更要写到建国以来各个时期的政治、经济诸方面的变迁在这里的折光。否则,我真于故乡"不肖",大有"无颜见江东父老"之愧了。

一

最耐得寂寞的,是冬天的山,褪了红,褪了绿,清清奇奇的瘦,像是从皇宫里走到民间的女子,沦落或许是沦落了,却还原了本来的面目。石头裸裸地显露,依稀在草木之间。草木并没有摧折,枯死的是软弱,枝柯僵硬,风里在铜韵一般的颤响。冬天是骨的季节?是力的季节吗?

三个月的企望,一轮嫩嫩的太阳在头顶上出现了。

风开始暖暖地吹,其实那不应该算作风,是气,肉眼儿眯着,是丝丝缕缕的捉不住拉不直的模样。石头似乎要发酥呢,菊花般的苔藓亮了许多。说不定在生产时候满山竟有了一层绿气,但细察每一根草、每一枝柯,却又绝对没有。两只鹿,一只有角的和一只初生的,初生的在试验腿力,一跑,跑在一片新开垦的田地上,清新的气息使它撑了四蹄,呆呆的,然后一声锐叫,寻它的父亲的时候,满山树的枝柯,使它分不清哪一丛是老鹿的角。

山民挑着担子从沟底走来,棉袄已经脱了,垫在肩上,光光的脊梁上滚着有油质的汗珠。路是顽皮的,时断时续,因为没有浮尘,也就没有他的脚印;水只是从山上往下流,人只是牵着路往上走。

山顶的窝洼里,有了一簇屋舍。一个小妞儿刚刚从鸡窝里取出新生的热蛋,眯了一只眼儿对着太阳耀。

二

这个冬天里,雪总是下着。雪的故乡在天上,是自由的纯洁的王国;落在地上,地也披上一件和平的外衣了。洼后的山本来也没有长出什么大树,现在就浑圆圆的,太阳并没有出来,却似乎添了一层光的虚晕,慈慈祥祥的像一位梦中的老人。洼里的梢林全覆盖了,幻想是陡然涌满了凝固的云,偶尔的风间或使某一处承受不了压力,陷进一个黑色的坑,却也是风,又将别的地方的雪扫来补缀了。只有一直走到洼下的河沿,往里一看,云雪下是黑黝黝的树干，但立即感觉那不是黑黝黝，是蓝色的，有莹莹的青光。

河面上没有雪，是冰。冰层好像已经裂了多次，每一次分裂又被冰住，明显着纵纵横横的银白的线。

一棵很丑的柳树下，竟有了一个冰的窟窿，望得见下面的水，是黑的，幽幽的神秘。这是山民凿的，从柳树上吊下一条绳索，系了竹筐在里边，随时来提提，里边就会收获几尾银亮亮的鱼。于是，窟窿周围的冰层被水冲击，薄亮透明，如玻璃罩一般。

山民是一整天也没有来提竹筐了吧？冬天是他们享受人伦之乐的季节，任阳沟的雪一直涌到后墙的檐下去，四世同堂，只是守着那火塘。或许，火上吊罐里，咕嘟嘟煮着熏肉，热灰里的洋芋也熟得冒起白气。那老爷子兴许喝下三碗柿子烧酒，醉了。孙子却偷偷拿了老人的猎枪，拉开了门，门外半人高的雪扑进来，然后在雪窝子里拔着腿，无声地消失了。

一切都是安宁的。

黄昏的时候，一只褐色的狐狸出现了。它一边走着，一边用尾巴扫着身后的脚印，悄没声地伏在一个雪堆上。雪堆上站着一只山鸡，这是最俏的小动物了，翘着赤红色的长尾，欣赏不已。远远的另一个雪堆上，老爷子的孙子同时卧倒了，伸出黑黑的枪口，右眼和准星已经同狐狸在一条线上……

三

西风一吹,柴门就掩了。

女人坐在炕上,炕上铺满着四六席;满满当当的,是女人的世界。火塘的出口和炕门接在一起,连炉沿子上的红椿木板都烙腾腾的。女人舍不得这份热,把粮食磨子都搬上来,盘腿正坐,摇那磨拐儿,两块凿着纹路的石头,就动起来,呼噜噜一匝,呼噜噜一匝。"毛儿,毛儿——"她叫着小儿子,小儿子刚会打能能,对娘的召唤并不理睬,打开了炕角的一个包袱,翻弄着五颜六色的、方的圆的长的短的碎布头儿。玩腻了,就来扑着娘的脊背抓。女人将儿子抱在从梁上吊下来的一个竹筐子里,一边摇一匝磨拐儿,一边推一下竹筐。有节奏的晃动,和有节奏的响声,使小儿子就迷糊了。女人的右手也乏疲了,两只手夹一个六十度的角,一匝匝继续摇磨拐儿。

风天里,太阳走得快,过了屋脊,下了台阶,在厦屋的山墙上磨蚀了一片,很快就要从西山峁上滚下去了。太阳是地球的一个磨眼吧,它转动一圈,把白天就从磨眼里磨下去,天就要黑了?

女人从窗子里往外看,对面的山头上,孩子的爹正在那里犁地。一排儿五个山头上,山头上都是地;已经犁了四个山头,犁沟全是由外往里转,转得像是指印的斗纹,五个山头就是一个手掌。

女人看不到手掌外的天地。

　　女人想:这日子真有趣,外边人在地里转圈圈,屋里人在炕上摇圈圈。春天过去了,夏天就来;夏天过去了,秋天就来;秋天过去了,冬天就来。一年四季,四个季节完了,又是一年。

　　天很快就黑了,女人溜下炕生火做饭。饭熟了,她一边等着男人回来,一边在手心唾口唾沫,抹抹头发。女人最爱的是晚上,她知道,太阳在白日散尽了热,晚上就要变成柔柔情情的月亮的。

　　小儿子就醒了,女人抱了她的儿子,倚在柴门上指着山上下来的男人,说:"毛儿爹——叫你娃哟! 哟——哟——"

　　"哟——哟——"却是叫那没尾巴的狗的,因为小儿子屎拉下来了,要狗儿来舐屎的。

四

　　初春的早晨,没有雪的时候就有着雾。雾很浓,像扯不开的棉絮,高高的山就没有了吓人的巉石,山弯下的土塬上,梢林也没有了黝黝的黑光。河水在流着,响得清喧喧的。

　　河对岸的一家人,门拉开的声很脆,走出一个女儿,接着又牵出一头毛驴走下来。她穿着一件大红袄儿,像天上的那个太阳,晕了一团,毛驴只显出一个长耳朵的头,四个蹄腿被雾裹着。她是下到河里打水的。

这地面只有这一家人,屋舍偏偏建得高,原本那是山嘴,山嘴也原本是一个圆圆的石头,石头上裂了一条缝,缝里长出一棵花栗木树。用碎石在四周帮砌上来,便做了屋舍的基础。门前的石头面上可以织布,也可以晒粮食。这女儿是独生女,二十出头,一表人才。方圆几十里的后生都来对面的山上,山下的梢林里,割龙须草,拾毛栗子,给她唱花鼓。

她牵着毛驴一步步走下来,往四周看看,四周什么却看不清,心想:今日倒清静了!无声地笑笑,却又感到一种空落。河上边的木板桥上,有一鸡爪子厚的霜,没有一个人的脚印。

在河边,她蹾下了,卸下了毛驴背上的木桶,一拎,水就满了,但却不急着往驴背上挂,大了胆儿往河那边的山上、塬上看。看见了河水割开的十几丈高的岸壁,吃水线在雾里时隐时现。有一棵树,她认得是叫冬青木的,斜斜地在壁上长着。这是一棵几百年的古木,个儿虽并不粗高,却是岸上塬头上的梢林的祖爷子。那些梢林长出一代,砍伐了一代,这冬青还是青青地长着,又孕了米粒大的籽儿。

她突然心里作想:这冬青,长在那么危险的地方,却活得那么安全呢。

于是,也就想起了那些唱给她的花鼓曲。水桶挂在毛驴背上,她赶着往回走,走一步,回头看一下,走一步,再回过头来。雾还没有退,桥面上的霜还白白的。上斜坡的时候,路仄仄的拐

"之"字形,她却唱起一首花鼓曲了:

> 后院里有棵苦李子啊,小郎儿哟,
>
> 未曾开花,亲人哪,
>
> 谁敢尝哎,哥呀哎!

五

秋天里,什么都成熟了;成熟了的东西是受不得用手摸的,一摸就要掉呢。四个女子,欢乐得像风里的旗,在一棵柿树上吃蛋柿。洼地里路纵纵横横,似一张大网,这树就在网底,像伏着的一只大蜘蛛。果实很繁,将枝股都弯弯地坠下来,用不着上树,寻着一个目标,那嘴轻轻咬开那红软了的尖儿,一吸,甜的香的软的光的就会到肚子里。只需再送一口气去,那蛋柿壳儿就又复圆了。末了,最高的枝上还有一颗,她们拿石子掷打,打一次没有打中,再打一次,还是不中。

树后的洼地里,呜哇哇有了唢呐声,一支队伍便走过来了。这是迎亲的;一家在这边的山上,一家在那边的山上,家与家都能看见,路却要深入到这洼地,半天才能走到。洼地里长满了黄蒿,也长满了石头,迎亲的队伍便时隐时现,好像不是在走,是浮着漂着来的。前面两杆唢呐,三尺长的铜杆,一个碗大的口孔,拉长了喉咙,扩大了嘴地吹。后边是两架花轿,轿简易却奇特,是两根红

114

桑木碾杆，用红布裹了，上边缚一个座椅，也是铺了红布的，一走一颠，一颠一闪；新郎便坐了一架，新娘便坐了一架。再后边，是未婚的后生抬了柜，抬了箱，被子，单子，盒子，镜子。再后边是一群老幼。女人们衣服都浆得硬硬的，头上抹了油，一边交头接耳，一边拿崭新的印花手帕撩撩，赶那些追着油香飞的蜂。

吃蛋柿的女人忙隐身在树后，睁一只眼儿看，看见了那红桑木碾杆上的新娘，从头到脚穿得严严实实，眼睛却红红的，像是流过泪。吹唢呐的回头看一眼，故意生动着变形的脸面，新娘噗地笑了，但立即就噤住，脸红得烧了火炭。

一生都在山路上走，只有这一次竟不走路啊。被抬着，娘生她在这个山头上，长大了又要到那个山头上去生去养了。

村后的女子都觉得有趣，细嚼起来，却不知道这是怎么回事。

她们很快被迎亲的队伍发现了，都拿眼光往这里瞅。四个女子羞羞的，却一起仰起头儿盯那高枝上的蛋柿。她们没有用石子去打，蛋柿也没有掉下来。

迎亲队伍没有停，过去了。他们走过了一条小路，柿树下同时放射出的，通往四面八方山头的小路上，便都有了唢呐的余音。

六

高高的山挑着月亮在旋转，旋转得太快了，看着便感觉没有

115

动,只有月亮的周围是一圈一圈不规则的晕,先是黑的,再是黄的,再灰,再紫,再青,再白。洼地里全模糊了,看不见地头那个草庵子,庵后那一片桃林,桃林全修剪了,出地像无数的五指向上分开的手。桃林过去,是拴驴的地方,三个碌碡,还有一根木桩;现在看不见了,剪了尾巴的狗在那里叫。河里,桥空无人,白花花的水。

一个男人,蹲在屋后阳沟的泉上,拿一个擀杖在水里搅,搅得月亮碎了,星星也碎了,一泉的烂银,口中念念有词。接着就摸起横在泉口的竹管。这竹管是打通了节的,一头接在泉里,一头通过墙眼到屋里的锅台上。他却不得进屋去。他已经从门口走过来,又走到门口去,心里痒痒的,腿却软得像抽了筋,末了就使劲敲门。屋里有骂他的声音。

骂他的是一个婆子,婆子正在搬弄着他的女人;女人正在为他生着儿子。他要看看儿子是怎样生出来的,婆子却总是把他关在门外。

"这是人生人呢!"

"我是男子汉,死都不怕呢!"

"不怕死,却怕生呢。"

他不明白,人生人还这么可怕。当女人在屋里一阵阵惨叫起来,他着实害怕了。他搅着泉水祈祷,他想跑过那桃林,一个人到河面的桥上去喊,他却没了力气,倒在木桩篱笆下,直眼儿只看着月亮,认作那是风火轮子,是一股旋风,是黑黑的夜空上的一个白洞。

一更过去,二更已尽,已经是三更,鸡儿都叫了。女人还在屋里嘶叫。他认为他的儿子糊涂:来到这个世界竟这么为难。山洼里多好,虽然有狼,但只要在猪圈上画白灰圈圈,它就不敢来咬猪了。这里山高,再高的山也在人的脚下。太阳每天出来,怕什么?只要脊背背了它从东山到西山,它就成月亮了。晚上不是还有疙瘩柴火烤吗?还有洋芋糊汤呢。你会有媳妇。还有酒,柿子可以烧,苞谷也可以烧,喝醉了,唱花鼓。

女人一声锐叫,不言语了。接替女人叫的是一阵尖而脆的哇哇啼声。

门打开了,接生的婆子喊着男人:"你儿子生下了,生下了!"催他进去烧水,打鸡蛋,泡馍。男人却稀软得立不起来。天上的月亮没有了,星星亮起来,他觉得星星是多了一颗。

"又一个山里人。"他说。

七

路到山上去,盘十八道弯,山顶上一棵栗木树下一口泉,趴下喝了,再从那边绕十八道弯下去。山的两面再没有长别的树,石头也很分散,却生满了刺玫,全拉着长条覆衍石上,又互相交织在一起。花儿却嫩得噙出水儿，一律白色，惹得蝴蝶款款地飞。

十八道弯口，独独一户人家，住着个寡妇，寡妇年轻，穿着一双白布蒙了尖儿的鞋；开了店卖饭。

公路上往来的司机都认识她，她也认识司机，迟早在店里窗内坐着，对着奔跑的汽车一抬手，车就停了。方圆三十里的山民，都称她是"车闸"。

山里人出到山外去，或者从山外回到山里来，都在店里歇脚。谁也不惹她，谁也没理由敢惹她。她认了好多亲家，当然，干儿子干女儿有几十，有本乡本土的，有山外城里的。为了讨好她，送给她狗的人很多；为了讨好她，一走到店前就唤狗儿喂东西吃。十几条狗都没有剪尾巴，肥得油光水亮。

八月里，店里店外，堆满了柿子、核桃、黄蜡、生漆、桐油；山民们都把山货背来交给她。她一宗一宗卖给山外来的汽车。店里说话的人多，吃饭的人少。营业的时间长，获取的利润短。她不是为了钱，钱在城乡流通着，使她有了不是寡妇的活泼，使一些外地来人都知道了她是寡妇。她不害羞，穿了那双有白布的鞋儿，整头平脸，拿光光的眼睛看人，外地来人也就把她这个寡妇知道了，也讨好地掰了干粮给那狗儿吃。也只有给狗儿吃。

满山的刺玫都开了，白得暄净，一直繁衍到店的周围。因为刺在花里，谁也不敢糟蹋花，因为花围了店屋，店里人总是不断。忽一日，深山跑来一只美丽的麝，从那边十八道弯里跑上，从这边

118

十八道弯里跑下，又在山梁上跑。山里的一切猎手都不去打。他们一起坐在店里往山头上看，说那麝来回跑得那么快，是为它自身的香气兴奋呢。

八

你毕竟是看见了，仲夏的山上并不是一种纯绿，有黄的颜色，有蓝的颜色，主体则是灰黑的，次之为白，那是枸子和狼牙刺的花了。你走进去，你就是你梦中的人，感觉到了渺小。却常常会不辨路径，坐下来看那峡谷，两壁的梢林交错着，你不知道谷深到何处，成团成团的云雾往外涌，疑心是神鬼在那里出没。偶然间一棵干枯的树站在那里，满身却是肉肉的木耳。有蛇，黑藤一样地缠在树上。气球大的一个土葫芦，团结了一群细腰黄蜂。蹑手蹑脚地走过去，一只松鼠就在路中摇头洗脸了。这小玩意儿，招之即来，上了身却不被抓住，从右袖筒钻进去了，又从左袖筒钻出去了。同时有一声怪叫，嘎喇喇的，在远处的什么地方，如厉鬼狞笑。

你终于禁不住了寂寞，唱起来；一旦唱起来，就不敢停下，想要使所有的东西都听见，来提醒它们：你是有力量的，是强者。但唱的声越来越颤了。惊恐驱使着你突然跑动，越跑越紧，像是梦中一样，力不从心。后来就滚下去，什么也不可能得知了。

人昏了，权当是睡着了；但醒来，却是忍不住的苦痛；腿上的血还在流呢。

一位老者，正抱着你，你只看见那下巴上一窝银须，在动，不见那嘴，末了，胡子中吐一团烂粥般的草，是蓝莨芽。敷在腿上的伤口，于是血凝固，亦不再疼。你不知道他是谁，哪儿来的。

"采药的。"他说。

"采药的？就在这山上，成年采吗？"

他点点头，孤独已经使他不愿再多说话吗？扶着你站起来，他就走了。

你是该下山了，但你不愿意；想陪陪他，心里在说：山上是太苦了。正是太苦，才长出了这苦口的草药吗？采药的人成年就是挖着这苦，也正是挖着了这草药的苦，才医治了世上人的一生中所遇到的苦痛吗？

你一定得意了你这话里的哲理，回头再寻那采药人，云雾又从那一丛黑柏下涌过来了，什么也没有了响动，你听见的是你的呼吸声。

九

一座山竟是一块完整的石头，这石头好像曾经受了高温，稀软着往下墩，显出一层一层下墩的纹线。在左边，有一角似乎支持不住,往下滴溜,上边的拉出一个向下的奶头状,下边的向上壅一个蘑菇状,快要接连了,突然却凝固,使完整的石头又生出了许多灵巧,倒疑心此山是从什么地方飞来的。

河水就绕着这山的半圆走,水很深,是黑的液体,只有盛在桶里,才知道它是清白的,清白到了没有。沿着河边的石砭,人家就筑起屋舍,屋舍并不需起基础,前墙根紧挨着石砭沿,屋下的水面,什么地方在石砭上凿出坑儿,立栽上石条,然后再用石头斜斜垒起来,算作台阶。水涨了,台阶就缩短;水落了,台阶就拉长。水也是长了脚的,竟也一年走到门槛下,鸡儿站在门墩上能喝水。

现在,水平平地伏在台阶下,那里是码头,柏木解成了一溜长排,被拴在石嘴上。船儿从峡谷里并没有回来,女人们就蹲在那里捶打一种树皮。这树皮在水里泡了七七四十九天,用棒槌砸着,攘出麻一样的丝来,晒干了可以拧绳纳鞋底。四只五只鸭子在那里泅,看着一个什么就钻下去啄,其实那不是鱼,是天上落下的还没有消失的残月。

一只很大的木排撑下来,靠近了对面的山根,几十人开始抬一个棺材往山上去,唢呐咿咿呜呜的。这是河湾上一个汉子要走了,他是在上游砍荆条,然后扎排运到下游去卖,已经砍了许多,往山下扛的时候,滚了坡。在外的人横死了,尸首不能进家门。棺材上就缚了一只雄鸡,一直要运到河那边山头的坟地去。熟人死了一个,新鬼多了一名。孝子婆娘在唢呐声中哭,有板有眼。

这边砸树皮的女人都站起来,说那汉子的好话,看着那儿子在河里摔了孝子盆,就拿一块手帕,捂了鼻子嘴地流眼泪。

在水里钻了一生,死了却都要到山顶上去,女人们不明白这是为什么,或许山上有荆条,有龙须草,有桐子,有土漆,河里只是运往的路吧。唢呐吹得这么响,唢呐是人生的乐器呢,上世的时候,吹过一阵,结婚的时候,吹过一阵,下世的时候,还是这么吹。

一个女人突然觉得肚子疼,她想了想,才六个月,还不是坐炕的日子呀,就怀疑是那汉子的阴魂要作孽了,吓得脸色苍白。夜里,女人的男人偷偷从门前石阶上下去,坐船到了对岸山上,浇了一壶酒,将削好的四个桃木橛子钉在坟头,说:"你不要勾了我的儿子,让他满满月月生下来,咱山上河里总盼着一个劳力啊!"

一切很安静。住人家的那块完整的石头的山上,月亮小小的,水落了,门下斜斜的台阶,长长的,月亮水影照着像一条光光的链条。

十

一群乌鸦在天上旋转,方向不固定的,末了,就落下来;黑夜也在翅膀上驮下来了。九沟十八岔的人,都到河湾的村里来,村里正演电影。三天前消息就传开,人来得太多,场畔的每一棵苦楝子树,枝枝丫丫上都坐满了,从上面看,净是头,像冰糖葫芦;从下面看，尽是脚，长的短的，布底的，胶底的。后生们都是二十出头，永不安静在一个地方，灰暗里，用眼睛寻着眼睛说话。

早先地在一起，他们常被组织着，去修台田，去狩猎，去护秋，男男女女在一起说话，嬉闹，大声笑。现在各在各家地里，秋麦二料忙清了，袖着手总觉得要做什么，却不知道做什么，肚子饱饱的，却空空的饥饿。只看见拉完磨碾后的驴，在尘土里打滚，自己的精神泄不出去，力气也恢复不来。

场畔不远，就是河，河并不宽，却深深的水。两岸都密长了杂木，又一层相对向河面斜，两边的树枝就复交纠缠。河面常被这种纠缠覆盖，时隐时现。一只木排，被八个女子撑着，咿咿呀呀漂下来。树分开的时候，河是银银的，钻树的防空洞了，看不见了树身上的蛇一样裹绕的葛条，也看不见葛条上生出茸茸的小叶的苔藓。木排泊在场畔下，八个女子互相照看了头发，假装抹脸，手心儿将香脂就又一次在脸上搽了，大声说笑着跳上场畔。

后生们立即就发现了，但却正经起来，两只眼儿都睁着，一只看银幕，一只看场畔。

八个女子，三个已经结了婚，勾肩搭背的，往人窝里去了，她们不停地笑，笑是给同伴听的，笑也是给前后的人听的。前后有了后生，也大声说话，说是说明电影上的事，话也是给他人说明自己的能耐的。都知道是为了什么，都不说是为了什么。

五个女人是没有订婚的，五个女子却并不站在一起，又不到人窝去,全分散在场畔边上,离卖醪糟的小贩摊,不远不近,小贩摊上的马灯,不暗不明。有后生就匆匆走过去,又匆匆走过来,忙乱中瞅一眼,或者站在前边,偏踩在一块圆石头上,身子老不得平衡,每一次从石头上歪下来,后看一眼,不经意的。女子就哧哧地笑,后生一转身笑声便噤,身再一转,哧哧又响。目光碰在一起了,目光就说了话,后生便勇敢了,要么搭讪一句,要么挪过步来,女子倒忽地冷了脸,骂一声"流氓!",热热的又冷冷了,后生无趣地走了。女子却无限后悔,望着星星,星星朦胧的,像滴溜着水儿。再换过地方,站在卖醪糟的那边,一只手儿托着下巴,食指咬在牙里。

一场电影完了,看了银幕上的人,也看了看银幕上的人的人,也被人看了。八个女子集合在场畔,唱了一段花鼓,却说:别唱了,那些没皮脸的净往这儿看呢!就爆一阵笑声,上了木排,从水面上划走了。木排在河里,一河的星星都在身下,她们数起来,都争着说哪颗星星是她的,但星星老数不清。说:"这电影真好!"奋力划桨。

木排上行到五里外的湾里,八个女子跳下去,各自问一句:"几时还演电影呢?"各自走进八个岸边的山洼。已经听见狗在家门口汪着了,一时间腿脚却沉重起来,没了一丝儿力气……

十一

冬天里沟深,山便高,月便小,逆着一条河水走,水下是沙,沙下是水,突然水就没有了,沙干白得像漂了粉,疑惑水干枯了,再走一段,水又出现,如此忽隐忽现。一个源头,倒分地上地下两条河流。山在转弯的时候,出现一片栲树,树里是三间房,房没有木架,硬打硬搁,两边山墙上却用砖砌了四个"吉"字。栲树叶子都枯了,只是不脱落,静得没声没息。门前一溜石板下去,是一处场面,左边新竹,每一片细叶都亮亮的,像打了蜡光。竹子下是石碌子碾子,碾盘上卧着一条狗,碾杆上挂着一副牛的暗眼套。右边是十三个坟墓,坟墓前边都有一个砖砌的灯盏窝。这是百十年里这屋里的主人。十三个主人都死去了,这屋还没有倒,新主人正坐在炕上。

这是个老婆子,七十多岁了,牙口还好,在灯下捏针纳扣门儿,续线的时候,线头却穿不到针眼,就叹口气坐着,起身从锅台上抱了猫儿上来。猫是妖媚的玩物,她离不得它,它也离不得她,她就在嘴里嚼馍花,嚼得烂烂的了,拿在手里喂它吃。

孙子还没有回来。黄昏时到下边人家喝酒去了。孙子是儿子的一条根,儿子死了,媳妇也死了,她盼着这孙子好生守住这个家。孙子却总是在家里坐不住,他喜欢看电影,十里外的地方演也去,回来就呆呆痴几天。他不愿留光头。衣服上不钉扣门儿。两年前就不和她一个炕上睡,嫌她脚臭。早晚还刷牙呢。有男朋友,也有女朋友,一起说话、笑,她听不懂。

她总觉得这孙子有一对翅膀,有一天会飞了。

灯光幽幽的,照在墙角一口棺木上,这是她将来睡的地方,儿子活着的时候就做的,但儿子死了,她还活着;每一年就用土漆在上边刷一次,已经刷过八次了。她也奇怪自己命长。是没有尽到活着的责任吗?洋芋糊汤疙瘩火,这么好的生活,她不愿离去,倒还收不住她的心呢!

心想:现在的人,怎么就不像前几年的人了,一天不像一天了。她疑心是她没在门框上挂一个镜儿。上辈人常是家里有灾有祸了,要挂一块镜子的。她爬起来,将镜子就挂上了,企望一切邪事不要勾了孙子的魂,把外界的诱惑都用镜儿收住吧。

半夜里,门外有了脚步声,有人在敲门。老婆子从窗子看出去,三个人背着孙子回来了,打着松油节子火把,说是孙子喝醉了。白日听说县上要修一条柏油公路到这里来,他们庆贺,酒就喝得多了。老婆子窸窸窣窣下来开门,嘟囔道:"越来越不像山里人了!"

门框上的镜儿亮亮的,在坟头上照下一点白;天上的月亮分外明,照得满山满谷里的光辉。

一九八四年

秦腔

山川不同,便风俗区别,风俗区别,便戏剧存异;普天之下人不同貌,剧不同腔;京、豫、晋、越、黄梅、二黄、四川高腔,几十种品类。或问:历史最悠久者,文武最正经者,是非最汹汹者为谁?曰:秦腔也。正如长处和短处一样突出便见其风格,对待秦腔,爱者便爱得要死,恶者便恶得要命。外地人——尤其是自夸于长江流域的纤秀之士——最害怕秦腔的震撼。评论说得婉转的是:唱得有劲;说得直率的是:大喊大叫。于是,便有柔弱女子,常在戏台下以绒堵耳,又或在平日教训某人:你要不怎么怎么样,今晚让你去看秦腔!秦腔成了惩罚的代名词。所以,别的剧种可以各省走动,唯秦腔则如秦人一样,死不离窝;严重的乡土观念,也使其离不了窝:可能还在西北几个地方变腔走调的有些市场,却绝对冲不出往东南而去的潼关呢。

但是,几百年来,秦腔却没有被淘汰、被沉沦,这使多少人在大惑而不得其解。其解是有的,就在陕西这块土地上。如果是一个南方人,坐车轰轰隆隆往北走,渡过黄河,进入西岸,八百里秦川大地,原来竟是:一抹黄褐的平原。辽阔的地平线上,一处一处用木椽夹打成一尺多宽墙的土屋,粗笨而庄重。冲天而起的白杨、苦楝、紫槐,枝干粗壮如桶,叶却小似铜钱,迎风正反翻覆……你立即就会明白了:这里的地理构造竟与秦腔的旋律惟妙惟肖地一统!再去接触一下秦人吧,活脱脱一群秦始皇兵马俑的复出:高个,浓眉,眼和眼间隔略远,手和脚一样粗大,上身又稍稍见长于下身。当他们背着沉重的三角形犁铧,赶着山包一样团块组合的秦川公牛,端着脑袋般大小的耀州瓷碗,蹲在立的卧的石碌子碌碡上吃着牛肉泡馍,你不禁又要改变起世界观了:啊,这是块多么空旷而实在的土地,在这块土地摸爬滚打的人群是多么“二愣”的民众!那晚霞烧起的黄昏里,落日在地平线上欲去不去的痛苦的妊娠,五里一村,十里一镇,高音喇叭里传播的秦腔互相交织、冲撞,这秦腔原来是秦川天籁、地籁、人籁的共鸣啊!于此,你不渐渐感觉到了南方戏剧的秀而无骨吗?不深深地懂得秦腔为什么形成和存在而占却时间、空间的位置吗?

　　八百里秦川,以西安为界,咸阳,兴平,武功,周至,凤翔,长武,岐山,宝鸡,两个专区几十个县为西府;三原,泾阳,高陵,户县,合阳,大荔,韩城,白水,一个专区十几个县为东府。秦腔,就源于西府。在西府,民性敦厚,说话多用去声,一律咬字沉重,对

128

话如吵架一样,哭丧又一呼三叹。呼喊远人更是特殊:前声拖十二分的长,末了方极快地道出内容。声韵的发展,使会远道喊人的人都从此有了唱秦腔的天才。老一辈的能唱,小一辈的能唱,男的能唱,女的能唱;唱秦腔成了做人最体面的事,任何一个乡下男女,只有唱秦腔,才有出人头地的可能,大凡有出息的,是个人才的,哪一个何曾未登过台,起码不能吼一阵乱弹呢?

农民是世上最劳苦的人,尤其是在这块平原上,生时落草在黄土炕上,死了被埋在黄土堆下,秦腔是他们大苦中的大乐,当老牛木犁疙瘩绳,在田野已经累得筋疲力尽,立在犁沟里大喊大叫来一段秦腔,那心胸肺腑、关关节节的困乏便一尽儿涤荡净了。秦腔于他们,要和西凤白酒、长线辣子、大叶卷烟、牛肉泡馍一样成为生命的五大要素。若与那些年长的农民聊起来,他们想象的伟大的共产主义生活,首先便是这五大要素。他们有的是吃不完的粮食,他们缺的是高超的艺术享受,他们教育自己的子女,不会是那些文豪讲的,幼年不是祖母讲着动人的美丽的童话,而是一字一板传授着秦腔。他们大都不识字,但却出奇地能一本一本整套背诵出剧本,虽然那常常是之乎者也的字眼从那一圈胡子的嘴里吐出来十分别扭。有了秦腔,生活便有了乐趣。高兴了,唱"快板",高兴得像被烈性炸药爆炸了一样,要把整个身心粉碎在天空!痛苦了,唱"慢板",揪心裂肠的唱腔却表现了多么有情有味的美来,美给了别人以享受,美也熨平了自己心中愁苦的皱纹。

当他们在收获时节的土场上,在月在中天的庄院里大吼大叫唱起来的时候,那种难以想象的狂喜、激动、雄壮,与那些献身于诗歌的文人,与那些有吃有穿却总感空虚的都市人相比,常说的什么伟大的永恒的爱情是多么渺小、有限和虚弱啊!

我曾经在西府走动了两个秋冬,所到之处,村村有戏班,人人会清唱。在黎明或者黄昏的时分,一个人独独地到田野里去,远远看着天幕下一个一个山包样隆起的十三个朝代帝王的陵墓,细细辨认着田埂上、荒草中一截一截汉唐石碑上的残字,高高的土屋上的窗口里飘出一阵冗长的二胡声,几声雄壮的秦腔叫板,我就痴呆了,感觉到那村口的土尘里,一头叫驴的打滚是那么有力,猛然发现了自己心胸中一股强硬的气魄随同着胳膊上的肌肉疙瘩一起产生了。

每到农闲的夜里,村里就常听到几声锣响,戏班排演开始了。演员们都集合起来,到那古寺庙里去。吹,拉,弹,奏,翻,打,念,唱,提袍甩袖,吹胡瞪眼,古寺庙成了古今真乐府、天地大梨园。导演是老一辈演员,享有绝对权威;演员是一家几口,夫妻同台,父子同台,公公儿媳也同台。按秦川的风俗:父和子不能不有其序,爷和孙却可以无道,弟与哥嫂可以嬉闹无常,兄与弟媳则无正事不能多言。但是,一到台上,秦腔面前人人平等,兄可以拜弟媳为帅为将,子可以将老父绳捆索绑。寺庙里有窗无扇,屋梁上蛛丝结网,夏天蚊虫飞来,成团成团在头上旋转,熏蚊草就墙角燃起,一声唱腔一声咳嗽。冬天里四面透风,柳木疙瘩火当中架起,一出场一脸正经,一下场凑近火堆,热了前怀,凉了后背。排演到什么时候,什么时候都有观众,有抱着二尺长烟袋的老者,有凳子高、桌子高趴满窗台的孩子。庙里一个跟头未翻起,窗外就哇的一声叫倒好,演员出来骂一声:谁说不好的滚蛋! 他们抓住窗台死不滚去,倒要连声讨好:翻得好! 翻得好! 更有殷勤的,跑回来偷拿了红薯、土豆,在火堆里煨熟给演员做夜餐,赚得进屋里有一个安全位置。排演到三更鸡叫,月儿偏西,演员们散了,孩子们还围了火堆弯腰踢腿,学那一招一式。

一出戏排成了,一人传出,全村振奋,扳着指头盼那上演日期。一年十二个月,正月元宵日,二月龙抬头,三月三,四月四,五月五过端午,六月六晒丝绸,七月过半,八月中秋,九月初九,十月一日,再是那腊月五豆,腊八,小年二十三……月月有节,三月一会,那戏必是上演的。戏台是全村人的共同的事业,宁肯少吃少穿也要筹资集款,买上好的木石,请高强的工匠来修筑。村子富不富,就比这戏台阔不阔。一演出,半下午人就扛凳子去占位儿了,未等戏开,台下坐的、站的人头攒动,台两边阶上立的卧的是一群顽童。那锣鼓就叮叮咣咣地闹台,似乎整个世界要天翻地覆了。各类小吃趁机摆开,一个食摊上一盏马灯,花生,瓜子,糖果,烟卷,油茶,麻花,烧鸡,煎饼,长一声短一声叫卖不绝。锣鼓还在一声儿敲打,大幕只是不拉,演员偶尔从幕边往下望望,下边就喊:开演呀,场子都满了! 幕布放下,只说就要出场了,却又叮叮咣咣不停。台下就乱了,后边的喊前边的坐下,前边的喊后边的为什么不说最前边的立着。场外的大声叫着亲朋子女的名字,问有坐处没有,场内的锐声回应很快进来。有要吃煎饼的喊熟人去买一个,熟人买了站在场外一扬手,"日"的一声隔人头甩去,不偏不倚目标正好。左边的喊右边的踩了他的脚,右边的叫左边的挤了他的腰,一个说:狗年快完了,你还叫啥哩? 一个说:猪年还没到,你便拱开了! 言语伤人,动了手脚;外边的趁机而入,一时四边向里挤,里边向外扛,人的旋涡涌起,如四月的麦田起风,根儿不动,头身一会儿倒西,一会儿倒东,喊声、骂声、哭声一片。有拼命挤将出来的,一出来方觉世界偌大,身体胖肿,但差不多却光了脚,乱了头发。大幕又一挑,站出戏班头儿,大声叫喊要维持秩序,立即就跳出一个两个所谓"二杆子"人物来。这类人物多是头脑简单,四肢发达,却十二分忠诚于秦腔,此时便拿了枝条儿,哪里人挤,哪里打去,如凶神恶煞一般。人人恨骂这些人,人人又都盼有这些人,叫他们是秦腔宪兵,宪兵者越发忠于职责,虽然彻夜不得看戏,但大家一夜满足了,他们也就满足了一夜。

终于台上锣鼓停了,大幕拉开,角色出场。但不管男的女的,出来偏不面对观众,一律背身掩面,女的就碎步后移,水上漂一样,台下就叫:瞧那腰身,那肩头,一身的戏哟! 是男的就摇那帽翎,一会儿双摇,一会儿单摇,一边上下飞闪,一边纹丝不动,台下便叫:绝了,绝了! 等到那角色猛一转身,头一高扬,一声高叫,声如炸雷霍嘟嘟直从人们头顶碾过,全场一个冷颤,从头到脚,每一个手指尖儿、每一根头发梢儿都麻酥酥的了。如果是演《救裴生》,那慧娘站在台中往下蹲,慢慢地,慢慢地,慧娘蹲下去了,全场人头也矮下去了半尺;等那慧娘往起站,慢慢地,慢慢地,慧娘站起来了,全场人的脖子也全拉长了起来。他们不喜欢看生戏,最欢迎看熟戏,那一腔一调都晓得。哪个演员唱得好,就摇头晃脑跟着唱;哪个演员走了调,台下就有人要纠正。说穿了,看秦腔不为求新鲜,他们只图过过瘾。

在这样的地方,这样的环境,这样的气氛,面对着这样的观众,秦腔是最逞能的,它的艺术的享受,是和拥挤而存在,是有力气而获得的。如果是冬天,那风在刮着,像刀子一样,如果是夏天,人窝里热得如蒸笼一般,但只要不是大雪、冰雹、暴雨,台下的人是不肯撤场的。最可贵的是那些老一辈的秦腔迷,他们没有力气挤在台下,也没有好眼力看清演员,却一溜一排地蹲在戏台两侧的墙根,吸着草烟,慢慢将唱腔品赏。一声叫板,便可以使他们坠入艺术之宫,"听了秦腔,肉酒不香",他们是体会得最深。那些大一点的,脾性野一点的孩子,却占领了戏场周围所有的高空,杨树上,柳树上,槐树上,一个枝杈一个人。他们常常乐而忘了险境,双手鼓掌时竟从树杈上掉下来,掉下来自不会损伤,因为树下是无数的人头,只是招致一顿臭骂罢了。更有一些爬在了场边的麦秸垛上,夏天四面来风,好不凉快,冬日就扒个草洞,将身子缩进去,露一个脑袋。也正是有闲阶级享受不了秦腔吧,他们常就瞌睡了,一觉醒来,月在西天,戏毕人散,只好苦笑一下悄没声儿地溜下来回家敲门去了。

当然,一次秦腔演出,是一次演员亮相,也是一次演员受村人评论的考场。每每角色一出场,台下就一片喊喊喳喳:这是谁的儿子,谁的女子,谁家的媳妇,娘家何处……于是乎,谁有出息,谁没能耐,一下子就有了定论。有好多外村的人来提亲说媒,总是就在这个时候进行。据说有一媒人将一女子引到台下,相亲台上一个男演员,事先夸口这男的如何俊样,如何能干,但戏演了过半,那男的还未出场,后来终于出来,是个国民党的伪兵,持枪还未走到中台,扮游击队长的演员挥枪一指,"叭"的一声,那伪兵就倒地而死,爬着钻进了后幕。那女子当下哼一声,闭了嘴,一场亲事自然了了。这是喜中之悲一例。据说还有一例,一个老头在脖子上架了孙孙去看戏,孙孙吵着要回家,老头好说好劝只是不忍半场而去,便破费买了半斤花生,他眼盯着台上,手在下边剥花生,然后一颗一颗扬手喂到孙孙嘴里,但喂着喂着,竟将一颗花生塞进孙孙鼻孔,吐不出,咽不下,口鼻出血,连夜送到医院动手术,花去了七十元钱。但是,以秦腔引喜的事却不计其数。每个村里,总会有那么个老汉,夜里看戏,第二天必是头一个起床往戏台下跑。戏台下一片石头、砖头,一堆堆瓜子皮,糖果纸,烟屁股,他掀掀这块石头，踢踢那堆尘土，少不了要捡到一角两角甚至三元四元钱币来，或者一只鞋，或者一条手帕。这是村里钻刁人干的营生，而馋嘴的孩子们有的则夜里趁各家锁门之机，去地里摘那香瓜来吃，去谁家院里将桃杏装在背心兜里回来分红。自然少不了有那些青春妙龄的少男少女，则往往在台下混乱之中眼送秋波，或者就悄悄退出，相依相偎到黑黑的渠畔树林子里去了……

秦腔在这块土地上，有着神圣的不可动摇的基础。凡是到这些村庄去下乡，到这些人家去做客，他们最高级的接待是陪着看一场秦腔，实在不逢年过节，他们就会要合家唱一会儿乱弹，你只能点头称好，不能耻笑，甚至不能有一点不入神的表示。他们一生最崇敬的只有两种人：一是国家领导人，一是当地的秦腔名角。即便是在任何地方，这些名角没有在场，只要发现了名角的父母，去商店买油是不必排队的，进饭馆吃饭是会有座位的，就是在半路上挡车，只要喊一声"我是某某的什么"，司机也便要嘎地停车。但是，谁要侮辱一下秦腔，他们要争死争活地和你论理，以致大打出手，永远使你记住教训。每每村里过红白丧喜之事，那必是要包一台秦腔的，生儿以秦腔迎接，送葬以秦腔志哀，似乎这人生的世界，就是秦腔的舞台，人只要在舞台上，生，旦，净，丑，才各显了真性，恶的夸张其丑，善的凸现其美，善的使他们获得美的教育，恶的也使丑里化作了美的艺术。

广漠旷远的八百里秦川，只有这秦腔，也只能有这秦腔，八百里秦川的劳作农民只有也只能有这秦腔使他们喜怒哀乐。秦人自古是大苦大乐之民众,他们的家乡交响乐除了大喊大叫的秦腔还能有别的吗?

一九八三年五月二日草于五味村

贺州见闻

一

从桂林往贺州去,一路都是山。这山很奇怪,有断无续,散乱着全是些锥形,高倒不高,人却绝对上不去。山还能长成这样?想着是上天把一张耙翻过来的吧,满是耙齿。

据说这里曾经是山与海争斗之地,厮杀得乌烟瘴气,至今人们还习惯多吃姜蒜,而现在作为特产的黄蜡石,可能也是那时凝固的血。后来,海要淹没山的时候,海气竭而死,山也只残存了峰头。

高速路就在这样的山中穿行,偶尔到一处了,山突然就躲闪开来,阔地上便有了楼房屋舍,少的就是村镇,多的则为县城了。而躲开的山远远蹲着,好像是栽了桩要围篱笆,也好像是狗在守护。

我还纠结着那场山与海的战争：多大的海呀就死了，水原来也是一粒一粒的，水死成了沙子?!

二

贺州有许多古镇，我去了黄姚。黄姚是在一个山湾里，河流又在镇子中。水在曲处有桥，桥头桥尾有树。桥都很质朴，巨型的石板相互以石榫接连了平卧在水面，树却枝股向四面八方的空中张扬，且从根到梢挂满了菟丝女萝，在风里似乎还要飞起来。桥前树后都是人家，街巷便高低错落，弯转迂回，从任何一处进去也能游遍全镇，而走错一个岔口了，却是半天不得回来。

街巷里货栈店铺很多，门面都有小造型，或挂了幌旗，或吊上灯笼，布置了真花和假花，甚至一根麻绳拴了硬纸片儿就在门环上："只做你爱吃的味道"，"女人不可百日无糖"，"老地方今夜有梦"，"我有酒，你有故事吗?"老板或许是文艺青年，招揽着小情小调的顾客，觉得有些花哨和轻浮，想想这也是时代风尚，便浅浅地笑了。

但那挑着担子叫卖的油茶，用竹签扎着吃的菜酿，以及小摊上的山稔子、黄荆子、野百合、五指毛桃，使你知道了这里的特产和特色。更有街巷里的黑石路，千人万人走过了，已经漆明油亮，傍晚时闪动着光辉,它是一直在明示着镇子数百年的历史。

我在那里故意滑了一跤,用手去抚摸像皮肤一样细腻的路面,我知道,路面也同时复印了我的身影。

三

在乡下人家院里,见墙边放着数个带孔的陶罐,陶罐里养着蛙,问其缘故,回答是:防贼的。先是不解,蓦地明白,拍手叫好。一般防贼都是养狗,狗多是在打盹,要是有贼,它就扑着叫;而蛙平常爱说话,贼一来,却噤声了。世上好多不祥事,总有人抗议,也总有人沉默,沉默或许更预警。

四

走潇贺古道,顺脚进了一个村子。村东头是座戏台,台柱上贴了张青龙神位的纸条,摆着个香炉;村西头有间屋楼,楼檐上贴了张白虎神位的纸条,也摆着个香炉。在村巷中转悠,怪石前有香炉,古树下有香炉,碾子、酒坊、石井、磨棚都有香炉。到一户人家里,上房、厢房、厦屋、后院到处敬的是菩萨、天师、财神、灶王,还有祖宗牌位,还有关公、钟馗的画像,甚至那门上钉着个竹筒,里边插了香,在敬门神。我们一行人正感叹:诸神充满! 就见一个老者走过来,面如重枣,白胡垂胸,但个头矮小,肚腹硕大,短短的两条胳膊架着前后晃动。我说:咦,这像不像土地爷?同行的人看了,都说像。

五

贺州人长寿,眼见过几十位都是百岁以上,考察他们的养生秘诀,好像并没有什么,只是说早晚喝油茶,顿顿有菜酿。

这油茶不是那种茶树籽榨出的油,也不是用炒面做成的茶羹。而是把老姜和大蒜切成碎末,和茶叶搅和一起在鳌子里炒,炒出了香,就用小木棰捣砸,然后起火烧锅,还要捣砸,边添水边捣砸,不停地捣砸,直到汤汁煮沸,捞去渣滓,油茶就做好了。菜酿的酿原本是一种面皮包馅的蒸煎烹煮,但这里不产面粉,就豆腐、辣椒、冬瓜、鸡皮、桃子、香蕉、猪肠、萝卜、兔耳、瓜花、茄子、豆芽、韭菜,没有啥不可包上肉馅、菇馅、花生馅来酿了。

我是喝第一口油茶时,觉得味怪怪的,喝过一碗,满口生香,浑身出汗,竟然上了瘾,在贺州的那些日子,早晚要喝两碗。菜酿也十分对胃口,吃饱了还再吃几个,每顿都鼓腹而歌。我说我回西安了也试着做油茶、菜酿呀,陪我们的朋友说那不行的,这里曾经有人去了外地开专卖店,但都因味道变了失败而归。这或许是有这里气候的原因,水的原因,所产食材的原因,或许也是天意

140

吧，只肯让贺州人独受。

那么，我说，要长寿就只能以后多来贺州了。

二〇二〇年三月五日写

辑四

《商州再录》题记

　　去年写了一个《商州初录》,一个《商州又录》,似乎倒引起了读者的兴趣,纷纷来了信,商讨起天文地理、风物人情,以及远古近今的政治经济哲学美学经文方志,内容杂泛而有趣。

　　差不多又有一种意思流露出来,是对商州山地的企羡,思绪想象且比我非非尤甚,接着便怀疑天下是否真有这块美丽神秘的地方,后又愤愤不平地说他们的故乡比商州更好,不信请我去看看。

　　其中便有了几位热血活跃勇敢好奇的年轻人,竟告假自费前往实地游察。

　　这使我欣然的同时惴惴不安,去信说:商州确有其地,打开中国的地图,画一个十字线,交叉的方位稍往东稍往南,那便是了。

　　战国时期属秦,汉时称商州,唐时为商洛,宋至清又复改商州,今再归为商洛。

地方的美丽和神秘,并非出自我的"人人都说家乡好"的秉性,也非我专意要学陶渊明,凭空虚构出一个"桃花源",初录和又录里的描写,已足以说明这不是桃花源,更绝无世外。

但它的美丽和神秘,可以说在我三十年来所走的任何地方里,是称得上"不可无一,不可有二"的赞誉。

需要提醒的是,这地方旅行是艰辛的,李白,白居易,杜甫,王维,温庭筠,涉足至此,必是骑一头毛驴,还得有一名书童伴随,彳亍而行,吃尽苦楚。以致使韩愈牺牲了携领的亲生爱女,以致使苏辙任职而抗命不去,以致使贾岛发出哀怨:"一山未了一山迎,百里都无半里平。宜是老禅遥指处,只堪图画不堪行。"

当然,现在是何等年月!

但同时又不能不考虑虽然当今交通运输工具现代化却又因其交通运输工具的先进而使人自身的脚力和韧劲在人创造的先进工具中日渐退化。即便是骑自行车去,颠簸程度难以承受,何况路多忽上忽下,车骑人倒比人骑车的机会多,更还有许多值得去的地方,帮助人的仅仅只能是一根鸡骨头木的拐杖。

基于这种情况,我便觉得我又有事可干,于是点灯熬油做那一种不流臭汗却绞脑汁的写工,看作自己"以济天下"的一种表示,这就是可亲可敬的读者将要读到的这个《商州再录》。

声明的是:对于商州,外界人的眼里,以为我了如指掌,实则在商州人的眼里,我只是作了点勉强的解说。

我不在那里受商州户口登记处管辖已是十二年，儿时的印象虽深入骨髓，却反倒漠然，犹如一个人钟情于爱人，出门在外却常常突然记不清他的容貌一样。

这几年，去了那里几次，也未做到深入得剃光头穿对襟褂，吆牛扶犁做农事。严格地讲，只是"鸡声茅店月，人迹板桥霜"地走动走动。

今年又去了一趟，有许多使我吃惊的变化，所到之处，新房新院新门楼，人们衣着整洁，面色有红施白。

甲子年按往昔乡俗，是不宜男婚女嫁，但路上随时有迎亲的队伍，唢呐高吹，也有的抱录音机欢唱，新娘子不羞，仰面迎人，也是披红，却皮鞋筒裤，戴镯的手腕都戴上了手表。

逢节过会，亲戚走动，装馍的小竹提篮皆换作五升小圆笼儿，馍顶上还点缀洋红，酒却不是空瓶盛散酒，一律新买的瓶装酒。

再不见穿有石榴皮和靛蓝自染的土布衣服，一些老汉穿商店的裤子虽然心疼"一边穿磨损浪费"而将开口换到后边，下蹲艰难，受年轻人耻笑，但毕竟穿了机织布，最差是咔叽料的。

长久的印象里农民善于藏富，而今更突出的是显示了农民性格中的另一面，极尽豪富。

他们已不再逍遥于"洋芋糊汤疙瘩火，除了神仙就是我"的生活，变得知农知工知商，有识有胆有进取，言语大方，行为有风度。

时常三人五人凑一起聊天，竟议论当今天下潮流变换、政府首脑的得失功过,以及政策推行的实效和可能发展改动的趋向,使我觉得未免可笑,随之而大为感叹。

我在往洛南县寺耳区去的路上,直觉得感受丰富,夜里在小镇街上喝酒,兴致难禁,劣性儿勃起,用毛笔未作构思便书写了三尺条幅,其文不妨在此抄出,以证明我当时的心境:

甲子岁深秋,吾搭车往洛南寺耳。

但见山回路转,湾湾有奇崖,崖头必长怪树,皆绿叶白身,横空繁衍似龙腾跃。

奇崖怪树之下,则居有人家,屋山墙高耸,檐面陡峭,有秀目皓齿妙龄女子出入。

逆清流上数十里,两岸青峰相挤,电杆平撑,似要随时做缝合状。

再深入,梢林莽莽,野菊花开花落,云雾忽聚忽散,樵夫伐木,叮叮声如天降,遥闻寒暄,不知何语,但一团嗡嗡,此静之缘故也。

到寺耳镇,几簇屋舍,一条石板小街,店家房皆反向而开,入室安桌置椅,后门则为前庭,沿高阶而上,偌大院子,一畦鲜菜,篱笆上生满木耳,吾讨酒坐喝,杯未接唇则醉也。

饭毕,付钱一元四角,主人惊讶,言只能收两角。

吾曰:"清静值一角,山明值一角,水秀值一角,空气新鲜值八角,余下一角,买得今日吾之高兴也。"

当然,也令我吃惊的有另一些发现和感受,是这次商州之行,亦有不同儿时在商州,甚至不同前年去年去商州,觉得有一种味儿,使商州的城镇与省城西安缩短了距离,也使山垴沟岔与平川道的城镇缩短了距离。

这味儿指什么?是思想意识?是社会风气?是人和人的关系?

我又不能说准,只感到商州已经不是往昔的商州。

所到的人家,已不待生人为至客,连掏出工作证,甚至报刊记者证来,亦不大生效。必要有熟人相引,方热情可炙,否则面虽有笑容,也有礼有节,但绝不启酒坛炒熏肉拉家常视为知己,也绝不会临走装你一袋子木耳、核桃、黄花菜、板栗,送三里五里,还频频摇手呼之:再来啊!

坐下采访,也不会使他们紧张得一脸狼狈,热汗满头,问一句答一言,句句无过无不及无危险的官话大话空话套话无用话,而是淡然不答,或是口若悬河,说些挖苦话、牢骚话、奚落话,使你觉得有情有理又刻薄尖酸,时不时会将我装套其中,面红耳赤。

这还罢了,尤其是在村里看见大场上一堆一堆麦草秸子如清朝官员收集平放的花翎帽,问起这是谁家的,这家目下情况如何,回答必是正话反说,反话正说,有企羡却夹着忌妒,有同情又带着作践,或者随你话,答你言,给你个圆溜溜不可捉摸。他们能干而奸狡,富足而吝啬,自私,贪婪,冒险,分散。

这不免使我愤怒。

静心思索，又感到，随着时代的变迁，这些山民既保存了古老的传统遗风，又渗进了现代的文明时髦，在对待土地、道德、婚姻、家庭、社交、世情的诸多问题上，有传统的善的东西，有现代的美的东西，也有传统的恶的东西，也有现代的丑的东西。

而这些善的美的、恶的丑的东西，又不同于外地。它是独特的商州型的，有的来自这个特定的自然环境中形成的自身，有的来自外边的流行之风的渗透影响。

如此看来，在整个中华民族振兴的年代里，商州人极力在战胜这个商州的地理环境、社会形态，一方面也更需要战胜商州人的自身。

这许许多多感触感想以此引发的复杂的错综的黏糊不清的思考，有的我可以说出，有的意会到了又苦不能道出，有的竟仍处于混沌中。

于是，在动笔记录这些所见所闻的故事之时，陷入极大艰难。

我试图要把这部实录分为甲本、乙本两组完成，故先写了几个新生活的具体变化的篇章，但笔一放开，即不可收，愈写愈长，最后竟成了独立的中篇小说。而这种行文已超越了《商州再录》的统一格式，便只好删除，单独去发表。

所以，读者看到的这个再录，仅仅是我保留了一些短的，又能统一归入一定格式的篇章。或者不难看出，写眼下新的具体事情比较少了，单薄了，这本来是原计划中的甲本，现既已抽去了再录中的乙本大部分，也敬请读者宽恕。而我自信的是，这些所谓甲本的篇章，并不是为了写过去而写过去，意在面对现实，旨在提高当今。

我认为，任何行动，任何事业，乃至每一项改革，关键是人的素质，而人的素质的培养和提高皆是总结过去的经验和教训，清醒其各种美善产生的环境土壤和丑恶产生的环境土壤。不就事论事，而是历史地考察。

这便可以釜底抽薪而止汤沸，便可取沙换土而灭毒菌的。

日前与一些朋友交谈，说起当今社会鼓励人民高效率、高收益、高消费，也就有人鄙夷"发扬延安精神，艰苦奋斗"。这话初听，似乎有道理，似乎延安精神不宜当今时代了。但又一想，此话太偏颇，是歪曲了延安精神的，延安精神之所以提倡艰苦奋斗，并不是要人艰苦了再艰苦，最后还是艰苦，而主要的是奋斗。

难道当年红军北上不是开拓性的壮举吗？在延安那个穷山沟里硬是丰衣足食，不更是一种开拓吗？延安毕竟是艰苦的过渡地，最后还不是开赴北京，要宣告新中国的诞生吗？

商州目前的情况，也正类同当年的延安，是在艰苦中拼力奋斗。奋斗就是摆脱艰苦，一种自然的艰苦，一种人的自身的艰苦。

这也正是我的《商州世事》能写出来的信念和动力，也是我企图争取读者理解的愿望。

如果事能如此,我便打算往后再继续到商州去,到山地去,到生活的深处,再录出一些东西呈献给读者。

一九八五年

《废都》再版序

《废都》一九九三年出版,二〇〇四年再版,头尾一隔十二个春秋。人是有命运的,书也有着命运。十二年对于一本书或许微不足道,对于一个人却是个大数目,我明显地在老了。

关于这本书,别人对它所说的话已经太多了!出版的那一年,我能见到的评论册有十几本,加起来厚度超过了它四五倍,以后的十年里,评论的文章依然不绝,字数也近百万。而我从未对它说过一句话,我挑着的是担鸡蛋,集市上的人群都挤着来买,鸡蛋就被挤破了,一地的蛋清蛋黄。

今年今月今日今时,《废都》再版了,消息告诉给我的时候,我没有笑,也没有哭,我把我的一碗饭吃完。书房的西墙上挂着"天再旦"条幅,是我在新旧世纪交替的晚上写的,现在留着,留了许久。然后我寻我的笔,在纸上写:向中国致敬!向十二年致敬!向对《废都》说过各种各样话的人们致敬,你们的话或许如热夏或许如冷冬,但都说得好,若冬不冷夏不热,连五谷都不结的! 也向那些盗版者致敬,十二年里我差不多在热衷地收集每年的各种盗版本,书架上已放着了五十个版本,他们使读者能持续地读了下来!

十二年前,《废都》脱稿的前后,我是独自借居在西北大学教工五号楼三单元五层的房间里,因为只有一张小桌和一个椅子,书稿就放在屋角的地板上。一天正洗衣服,突然停了水,恰好有人来紧急通知去开个会,竟然忘了关水龙头就走。三个小时后,搭一辆出租车回来,司机认出了我,坚决不收车费,并把我一直送到楼下。刚一下车,楼道里流成了河,四楼的老太太大喊:你家漏水啦,把我家都淹啦! 我蓦地记起没关水龙头,扑上楼去开门,床边的拖鞋已漂浮在门口。先去关水龙头,再抢救放在地板上的东西,纸盒里的挂面泡胀了,那把古琴琴壳进了水,我心想完了完了,书稿完了,跑到屋角,书稿却好好的,水离书稿仅一指远竟没有淹到! 我连叫着:“爷呀,爷呀!”那位司机也是跟了我来帮忙清理水灾的,他简直目瞪口呆,说:“水不淹书稿?”我说:“可能是屋角地势高吧。”司机说:“这是地板,再高能高到哪儿去?”事后,我也觉得惊奇,不久四川一家杂志的编辑来约稿,我说起这件事,她让我写成小文章,发在他们杂志上。但他们杂志在已排好了版后又抽下了,来信说怕犯错误,让我谅解。我怎能不谅解呢? 也估摸这个小文章永远发表不了了,索性连原稿也没有要回。一年后,我从那间房子里搬走了,但那间房子时时就在我梦里,水不淹书稿的事记得真真切切。

昨天,我和女儿又去了一趟西北大学,路过了那座楼。楼是旧了,周围的环境也面目全非。问起三单元五层房间的主人,旁人说你走后住了一个教授,那个教授也已搬走了,现在住的是另一个教授。但楼前的三棵槐树还在,三棵槐树几乎没长,树上落着一只鸟,鸟在唱着。我说:"唱得好!"女儿说:"你能听懂?"我说:"我也听不懂,但听着好听。"

二○○四年一月一日

《山本》后记

这本书是写秦岭的,原定名就是《秦岭》,后因嫌与曾经的《秦腔》混淆,变成《秦岭志》,再后来又改了,一是觉得还是两个字的名字适合于我,二是起名以张口音最好,而志字一念出来牙齿就咬紧了,于是就有了《山本》。山本,山的本来,写山的一本书,哈,本字出口,上下嘴唇一碰就打开了,如同婴儿才会说话就叫爸爸妈妈一样(即便爷爷奶奶、舅呀姨呀的,血缘关系稍远些,都是撮口音),这是生命的初声啊。

关于秦岭,我在题记中写过,一道龙脉,横亘在那里,提携着黄河长江,统领了北方南方,它是中国最伟大的一座山,当然它更是最中国的一座山。

我就是秦岭里的人,生在那里,长在那里,至今在西安城里工作和写作了四十多年,西安城仍然是在秦岭下。话说:生在哪儿,就决定了你。所以,我的模样便这样,我的脾性便这样,今生也必然要写《山本》这样的书了。

　　以前的作品，我总是在写商洛，其实商洛仅只是秦岭的一个点，因为秦岭实在是太大了，大得如神，你可以感受与之相会，却无法清晰和把握。曾经企图能把秦岭走一遍，即便写不了类似的《山海经》，也可以整理出一本秦岭的草木记、一本秦岭的动物记吧。在数年里，陆续去过起脉的昆仑山，相传那里是诸神在地上的都府，我得首先要祭拜的；去过秦岭始崛的鸟鼠同穴山，这山名特别有意思；去过太白山；去过华山；去过从太白山到华山之间的七十二道峪；自然也多次去过商洛境内的天竺山和商山。已经是不少的地方了，却只为秦岭的九牛一毛，我深深体会到一只鸟飞进树林子是什么状态，一棵草长在沟壑里是什么状况。关于整理秦岭的草木记、动物记，终因能力和体力未能完成，没料在这期间收集到秦岭二十世纪二三十年代的许许多多传奇。去种麦子，麦子没结穗，割回来了一大堆麦草，这使我改变了初衷，从此倒兴趣了那个年代的传说，于是对那方面的资料，涉及的人和事，以及发生地，像筷子一样啥都要尝，像尘一样到处乱钻，太有些饥饿感了，做梦都是一条吃桑叶的蚕。

　　那年月是战乱着，如果中国是瓷器，是一地瓷的碎片年代。大的战争在秦岭之北之南错综复杂地爆发，各种硝烟都吹进了秦岭，秦岭里就有了那么多的飞禽奔兽、那么多的魍魉魑魅，一尽着中国人的世事，完全着中国文化的表演。当这一切成为历史，灿烂早已萧瑟,躁动归于沉寂,回头看去,真是倪云林所说:生死穷达之境,利衰毁誉之场,自其拘者观之,盖有不胜悲者,自其达者观之,殆不值一笑也。巨大的灾难,一场荒唐,秦岭什么也没改变,依然山高水长,苍苍莽莽。没改变的还有情感,无论在山头或河畔,即便是在石头缝里和牛粪堆上,爱的花朵仍然在开,不禁慨叹万千。

《山本》是在二〇一五年开始了构思,那是极其纠结的一年,面对着庞杂混乱的素材,我不知怎样处理。首先是它的内容,和我在课本里学的、在影视上见的,是那样不同,这里就有了太多的疑惑和忌讳。再就是,这些素材如何进入小说,历史又怎样成为文学?我想我那时就像一头狮子在追捕兔子,兔子钻进偌大的荆棘藤蔓里,狮子没了办法,又不忍离开,就趴在那里,气喘吁吁,鼻脸上尽落些苍蝇。

我还是试图着先写吧,意识形态有意识形态的规范和要求,写作有写作的责任和智慧,至于写得好写得不好,是建了一座庙还是盖个农家院,那是下一步的事,鸡有蛋了就要下,不下那也憋得慌。初草完成到二〇一六年年底,修改已是二〇一七年。二〇一七年是西安百年间最热的夏天啊,见到的狗都伸着长舌,长舌鲜红,像在生火,但我不怕热,凡是不开会(会是那么多呀!)就在屋里写作。写作会发现身体上许多秘密,比如总是失眠,而胃口大开;比如握笔手上用劲儿,脚指头却疼;比如写那么几个小时了,去洗手间,往镜子上一看,头发竟如茅草一样凌乱,明明我写作前洗了脸梳过头的,几小时内并没有风,也不曾走动,怎么头发像风怀其中?

漫长的写作从来都是一种修行和觉悟的过程,在这前后三年里,我提醒自己最多的,是写作的背景和来源,也就是说,追问是从哪里来的,要往哪里去。如果背景和来源是大海,就可能风起云涌、波澜壮阔,而背景和来源狭窄,只能是小河小溪或一潭死水。在我磕磕绊绊这几十年写作途中,是曾承接过中国的古典,承接过苏俄的现实主义,承接过欧美的现代派和后现代派,承接过建国十七年的革命现实主义,好的是我并不单一,土豆烧牛肉、面条同蒸馍、咖啡和大蒜,什么都吃过,但我还是中国种。就像一头牛,长出了龙角,长出了狮尾,长出了豹纹,这四不像的是中国的兽,称之为麒麟。最初我在写我所熟悉的生活,写出的是一个贾平凹,写到一定程度,重新审视我所熟悉的生活,有了新的发现和思考,在谋图写作对于社会的意义,对于时代的意义。这样一来就不是我在生活中寻找题材,而似乎是题材在寻找我,我不再是我的贾平凹,好像成了这个社会的、时代的,是一个集体的意识。再往后,我要做的就是在社会的、时代的集体意识里又还原一个贾平凹,这个贾平凹就是贾平凹,不是李平凹或张平凹。站在此岸,泅入河中,达到彼岸,这该是古人讲的入得金木水火土五行之内,出得金木水火土五行之外,也该是古人还讲的看山是山

159

看水是水,看山不是山看水不是水,看山还是山看水还是水吧。

　　说实情话,几十年了,我是常翻老子和庄子的书,是疑惑过老庄本是一脉的,怎么《道德经》和《逍遥游》是那样的不同,但并没有究竟过它们的原因。一日远眺了秦岭,秦岭上空是一条长带似的浓云,想着云都是带水的,云也该是水,那一长带的云从秦岭西往秦岭东快速而去,岂不是秦岭上正过一条河?河在千山万山之下流过是自然的河,河在千山万山之上流过是我感觉的河,这两条河是怎样的意义呢?突然省开了老子是天人合一的,天人合一是哲学;庄子是天我合一的,天我合一是文学。这就好了,我面对的是秦岭二三十年代的一堆历史,那一堆历史不也是面对了我吗?我与历史神遇而迹化,《山本》该从那一堆历史中翻出另一个历史来啊。

　　过去了的历史,有的如纸被糨糊死死贴在墙上,无法扒下,扒下就连墙皮一块儿全碎了;有的如古墓前的石碑,上边爬满了虫子和苔藓,搞不清哪儿是碑上的文字哪儿是虫子和苔藓。这一切还留给了我们什么,是中国人的强悍还是懦弱,是善良还是凶残,是智慧还是奸诈?无论那时曾是多么认真和肃然、虔诚和庄严,却都是佛经上所说的,有了挂碍,有了恐怖,有了颠倒梦想。秦岭的山川河壑大起大落,以我的能力来写那个年代只着眼于林中一花、河中一沙,何况大的战争从来只有记载没有故事,小的争斗却往往细节丰富、人物生动、趣味横生。读到了李尔纳的话:一个认

160

识上帝的人,看上帝在那木头里,而非十字架上。《山本》里虽然
到处是枪声和死人,但它并不是写战争的书,只是我关注一个木
头一块石头,我就进入这木头和石头中去了。

在构思和写作的日子里,一有空我仍是就进秦岭的,除了保
持手和笔的亲切感外,我必须和秦岭维系一种新鲜感。

在秦岭深处的一座高山顶上,我见到了一个老人,他讲的是
他父亲传给他的话,说是,那时候,山中军行不得鼓角,鼓角则疾
风雨至。这或许就是《山本》要弥漫的气息。

一次去了一个寨子,那里久旱,男人们竟然还去龙王庙祈雨,
先是祭猪头、烧高香,再是用刀自伤,后来干脆就把龙王像抬出庙,
在烈日下用鞭子抽打。而女人们在家里也竟然还能把门前屋后的
石崖、松柏、泉水,封为××神、××公、××君,一一磕过头了,嘴
里念叨着祈雨歌:天爷爷,地大大,不为大人为娃娃,下些下些下大
些,风调雨顺长庄稼。一次去太白山顶看老爷池,池里没有水族,
却常放五色光、卍字光、珠光、油光,池边有着一种鸟,如画眉,比画
眉小,毛色花纹可爱,声音嘹亮,池中但凡有片叶寸羹,它必衔去,
人称之为净池鸟。这些,这些,或许就是《山本》人物的德行。

随便进入秦岭走走,或深或浅,永远会惊喜从未见过的云、草
木和动物,仍还能看到像《山海经》一样,一些兽长着似乎是人的某
一部位,而不同于《山海经》的,也能看到一些人还长着似乎是兽的
某一部位。这些我都写进了《山本》。另一种让我好奇的是房子,

161

不论是瓦房或是草屋,绝对都有天窗,不在房屋顶,装在门上端,问过那里的老少,全在说平日通风走烟,人死时,神鬼要进来,灵魂要出去。在《山本》里,我是一腾出手来就想开这样的天窗。

作为历史的后人,我承认我的身上有着历史的荣光也有着历史的龌龊,这如同我的孩子的毛病都是我做父亲的毛病,我对于他人他事的认可或失望,也都是对自己的认可或失望。《山本》里没有包装,也没有面具,一只手表的背面故意暴露着那些转动的齿轮,我写的不管是非功过,只是我知道了我骨子里的胆怯、慌张、恐惧、无奈和一颗脆弱的心。我需要书中那个铜镜,需要那个瞎了眼的郎中陈先生,需要那个庙里的地藏菩萨。

未能一日寡过,恨不十年读书,越是不敢懈怠,越是觉得力不从心。写作的日子里为了让自己耐烦,总是要写些条幅挂在室中,写《山本》时左边挂的是"现代性,传统性,民间性",右边挂的是"襟怀鄙陋,境界逼仄"。我觉得我在进文门,门上贴着两个门神,一个是红脸,一个是黑脸。

终于改写完了《山本》,我得去告慰秦岭,去时经过一个峪口前的梁上,那里有一个小庙,门外蹲着一些石狮,全是砂岩质的,风化严重,有的已成碎石残沙,而还有的,眉目差不多难分,但仍是石狮。

二〇一七年十月十三日夜

162

《老生》后记

年轻的时候,欢得像只野兔,为了觅食去跑,为了逃生去跑,不为觅食和逃生也去跑,不知疲倦。到了六十岁后身就沉了,爬山爬到一半,看见路边的石壁上写有"歇着",一屁股坐下来就歇。歇着了当然要吃根纸烟。

女儿一直是反对我吃烟的,说:你怎么越老烟越勤了呢?!

我是吃过四十年的烟啊,加起来可能是烧了个麦草垛。以前的理由,上古人要保存火种,保存火种是部落里最可信赖者,如果吃烟是保存火种的另一种形式,那我就是有责任心的人么。现在我是老了,人老多回忆往事,而往事如行车的路边树,树是闪过去了,但树还在,它需在烟的弥漫中才依稀可见呀。

这一本《老生》,就是烟熏出来的,熏出了闪过去的其中的几棵树。

在我的户口本上,写着出生于陕西丹凤县的棣花镇东街村,

163

其实我是生在距东街村二十五里外的金盆村。金盆村大，1952年驻扎了解放军一个团，这是由陕南游击队刚刚整编的部队，团长是我的姨夫，团部就设在村中一户李姓地主的大院里。是姨把她挺着大肚子的妹妹接去也住在团部，十几天后，天降大雨我就降生了。那时候，棣花镇还轰轰烈烈闹土改，我家分到了好多土地，我的伯父是积极分子，被镇政府招去做了干部。所以在我的幼年，听得最多的故事，一是关于陕南游击队的，二是关于土改的。到了十三岁，我刚从小学毕业到十五里外去上初中，"文化大革命"爆发了，只好辍学务农。棣花镇人分成两派，两派都在造反，两派又都相互攻击，我目睹了什么是革命，和革命的文斗武斗。后来，当教师的父亲被定为历史反革命分子，而我就是"黑五类"子弟，知道了世态炎凉，更经历了农民在无产阶级专政下如何整肃、改造、统一着思想和行为。再后来，我以偶然的机会到了西安，又在西安生活、工作和写作，十几年里高高山上站过，也深深谷底行过。又后来是改革开放了，史无前例，天翻地覆，我就在其中扑腾着，扑腾着成了老汉。

这就是我曾经的历史，也是我六十年来的命运。我常常想，我怎么就是这样的历史的命运呢？当我从一个山头去到另一个山头，身后都是有着一条路的，但站在了太阳底下，回望命运，能看到的是我脚下的阴影，看不到的是我从哪儿来的又怎是那样地来的。或许阴影是我的尾巴，它像扫帚一样我一走过就扫去痕迹;命运是一条无影的路吧,那么,不管是现实的路还是无影的路,那都是路。我疑惑的是,路是我走出来的? 我是从路上走过来的?

　　三年前的春节,我回了一趟棣花镇,除夕夜里到祖坟上点灯,这是故乡重要的风俗,如果谁家的祖坟上没有点灯,那就是这家绝户了。我跪在坟头,四周都是黑暗,点上了蜡烛,黑暗更浓,整个世界仿佛只是那一粒烛焰,但爷爷奶奶的容貌,父亲和母亲的形象是那样的清晰! 我们一直在诅咒着黑夜,以为它什么都看不见,原来昔人往事全完整无缺地在那里,我们只是没有猫眼罢了。也就在那时,我突然还有了一个觉悟:常言生有时死有地,其实生死是一个地方。人应该是从地里冒出来的一股气,从什么地方冒出来活人,死后再从什么地方遁去而成坟。一般的情况都是从哪里出来就生着活在哪里的附近,也有特别的,生于此地而死于彼地或生于彼地而死于此地,那便是从彼地冒出的气,飘荡到此地投生,或此地冒出的气飘荡于彼地投生。我家的祖坟在离村子不远的牛头坡上,牛头坡上到处都是坟,村子家家祖坟都在那里,这就是说,我的祖辈,我的故乡人,全是从牛头坡上不断冒出的气又不断地被吸收进去。牛头坡是一个什么样的穴位呀,冒出的是一种什么样的气,清的,浊的,祥瑞的,恶煞的,竟一茬一茬的活人闹出了那么多声响和色彩的世事?!

　　从棣花镇返回了西安,我很长时间里沉默寡言,常常把自己关在书房里，整晌整晌什么都不做，只是吃烟。在灰腾腾的烟雾里，记忆我所知道的百多十年，时代风云激荡，社会几经转型，战争、动乱、灾荒、革命、运动、改革，为了活得温饱，活得安生，活出人样，我的爷爷做了什么，我的父亲做了什么，故乡人都做了什么，我和我的儿孙又做了什么，哪些是荣光体面，哪些是龌龊罪过？太多的变数啊，沧海桑田，沉浮无定，有许许多多的事一闭眼就想起，有许许多多的事总不愿去想，有许许多多的事常在讲，有许许多多的事总不愿去讲。能想的能讲的已差不多都写在了我以往的书里，而不愿想不愿讲的，到我年龄花甲了，却怎能不想不讲啊?!

这也就是我写《老生》的初衷。

写起了《老生》，我只说一切都会得心应手，没料到却异常滞涩，曾三次中断了，难以为继。苦恼的仍是历史如何归于文学，叙述又如何在文字间布满空隙，让它有弹性和散发气味。这期间，我又反复读《山海经》。《山海经》是我近几年喜欢读的一本书，它写尽着地理，一座山一座山地写，一条水一条水地写，写各方山水里的飞禽走兽、树木花草，却写出了整个中国。《山海经》里那些山水还在，上古时间有那么多的怪兽怪鱼怪树，现在仍有着那么多的飞禽走兽鱼虫花木为我们惊奇。《山海经》里有诸多的神话，那是神的年代，或许那都是真实发生过的事，而现在我们的故事，在后代看来又该称之为人话吗？阅读着《山海经》，我又数次去了秦岭,西安的好处是离秦岭很近,从城里开车一个小时就可以进山,但山深如海,进去却往往看着那梁上的一所茅屋,赶过去却需要大半天。秦岭历来是隐者的去处,现在仍有千人修行在其中,我去拜访了一位,他已经在山洞里住了五年,对我的到来他既不拒绝也不热情,无视着,犹如我是草丛里走过的小兽,或是风吹过来的一缕云朵。他坐在洞口一动不动,眼看着远方,远方是无数错落无序的群峰,我说:师父是看落日吗?他说:不,我在看河。我说:河在沟底呀,你在峰头上看?他说:河就在峰头上流过。他的话让我大为吃惊,我回城后就画了一幅画。我每每写一部长篇小说,为了给自己鼓劲,就要在书房挂上为新小说写的书画条幅,这次我画的是《过山河图》,水流不再在群山众沟里千回百转,而是无数的山头上有了一条汹涌的河。还是在秦岭里,我曾经去看望一个老人,这老人是我一个熟人的亲戚,熟人给我多次介绍说这老人是他们那条峪里六七个村寨中最有威望的,几十年来无论哪个村寨有红白事,他都被请去做执事,即便如今年事已高,腿脚不便,但谁家和邻居闹了矛盾,谁个兄弟们分家,仍还是用滑竿抬了他去主持。我见到了老人问他怎么就如此的德高望重呢?他说:我只是说些公道话么。再问他怎样才能把话说公道,他说:没有私心偏见,你即便错了也错不到哪儿去。我认了这位老人是我的老师,写小说何尝不也就在说公道话吗?于是,第四遍写《老生》竟再没有中断,三个月后顺利地完成了草稿。

《老生》是四个故事组成的,故事全都是往事,其中加进了《山海经》的许多篇章。《山海经》是写了所经历过的山与水,《老生》的往事也都是我所见所闻所经历的。《山海经》是一个山一条水地写,《老生》是一个村一个时代地写。《山海经》只写山水,《老生》只写人事。

　　如果从某个角度上讲,文学就是记忆的,那么生活就是关系的。要在现实生活中活得自如,必须得处理好关系,而记忆是有着分辨,有着你我的对立。当文学在叙述记忆时,表达的是生活,表达生活当然就要写关系。《老生》中,人和社会的关系,人和物的关系,人和人的关系,是那样的紧张而错综复杂,它有着清白和温暖,有着混乱和凄苦,更有着残酷、血腥、丑恶、荒唐。这一切似乎远了或渐渐远去,人的秉性是好光景过上了就容易忘却以前的穷日子,发了财便不再提当年的偷鸡摸狗,但百多年来,我们就是这样过来的,我们就是如此的出身和履历,我们已经在苦味的土壤上长成了苦菜。《老生》就得老老实实地去呈现过去的国情、世情、民情。我不尊重那些戏说,虽然戏说都以戏说者对现实的理解去借尸还魂。曾经的饥荒年代,食堂里有过用榆树皮和苞谷皮去做肉的,那做出来的样子是像肉,但那是肉吗?现在一些寺院门口的素食馆,不老实地卖素饭素菜,偏要以豆腐萝卜造出个鸡的形状、猪的味道,佛门讲究不杀生,但手不杀生了心里却杀生,岂不更违法?要写出真实得需要真诚,如今却多戏谑调侃和伪饰,能做到真诚,我们真诚了,我们就在真实之中。写作因人而异,各有各的解数,生一堆火,越添柴火焰越大,而水越深流越平静,火焰是热闹的、炙热的,是人是兽都看得见,以细辨波纹看水的流深,那只有船家渔家知道。看过一个材料,说齐白石初到北京,他的画遭人讥笑,过了多少年后,世人才惊呼他的旷世才华而效仿多多,但效仿者要么一尽写意,要么工笔筑构,齐白石这才说了"似与不似之间"的话。似或不似可以做到,谁都可以做到,之间的度在哪里,却只有齐白石掌握。八大山人也说过立于金木水火土之内,而超于金木水火土之外,形上形下,园中一点。那么,园在哪儿,那一点又在园中的哪里,这就是艺术的高低区别所在了。看山是山看水是水,看山不是山看水不是水,看山还是山看水还是水,年龄会告诉其中的道路,经历会告诉其中的道理,年龄和经历是生命的包浆啊。

至于此书之所以起名《老生》,或是指一个人的一生活得太长了,或是仅仅借用了戏曲中的一个角色,或是赞美,或是诅咒。老而不死为贼,这是说时光讨厌着某个人长久地占据在这个世上,另一方面,老生常谈,这又说的是人老了就不要去妄言诳语吧。书中的每一个故事里,人物总有一个名字里有老字,总有一个名字里有生字,它就在提醒着,人过的日子,必是一日遇佛一日遇魔,风刮很紧,花开花也疼,我们既然是这些年代的人,我们也就是这些年代的品种,说那些岁月是如何的风风雨雨,道路泥泞,更说的是在风风雨雨的泥泞路上，人是走着，走过来了。

故乡的棣花镇在秦岭的南坡，那里的天是蓝的，经常在空中静静地悬着一团白云，像是气球，也像是棉花垛，而凡是有沟，沟里就都有水，水是捧起来就可以喝的。但故乡给我印象最深最难以思议的还是路，路是那么的多，很瘦很白，在乱山之中如绳如索，有时你觉得那是谁撒下了网，有时又觉得有人在扯着绳头，正牵拽了群山走过。路的启示，《老生》中就有了那个匡三司令。匡三司令是高寿的，他的晚年荣华富贵，但比匡三司令活得更长更久的却是那个唱师。我在秦岭里见过数百棵古木，其中有笸篮粗的桂树和四人才能合抱的银杏，我也见过山民在翻修房子时堆在院中的尘土上竟然也长着许多树苗。生命有时极其伟大，有时也极其卑微。唱师像幽灵一样飘荡在秦岭，百多年里，世事"眼看着起高楼，眼看着楼坍了"，唱师原来唱的是阴歌，歌声也把他带了归阴。

《老生》是二〇一三年的冬天完成的，过去了大半年了，我还是把它锁在抽屉里，没有拿去出版，也没有让任何人读过。烟还是在吃，吃得烟雾腾腾，我不知道这本书写得怎么样，哪些是该写的哪些是不该写的哪些是还没有写到，能记忆的东西都是刻骨铭心的，不敢轻易去触动的，而一旦写出来，是一番释然，同时又是一番痛楚。丹麦的那个小女孩在夜里擦火柴，光焰里有面包、衣服、炉火和炉火上的烤鸡，我的《老生》在烟雾里说着曾经的革命而从此告别革命。土地上泼上了粪，风一过粪的臭气就没了，粪却变成了营养，为庄稼提供了成长的功能。世上的母亲没一个在咒骂生育的艰苦和疼痛，全都在为生育了孩子而幸福着。

所以，二〇一四年的公历三月二十一日，也是古历的二月二十一，是我的又一个生日，我以《老生》作我的寿礼，也写下了这篇后记。

二〇一四年三月二十一日

《暂坐》后记

　　在我七十岁前，《暂坐》可能是最后一部长篇小说。酷暑才过，书稿刚完。字数是二十一万吧，整整写了两年，这比以往的任何一部书都写得慢，以往的书稿多是写两遍，它写了四遍。年纪大了，爱弹嫌，弹嫌别人，更弹嫌自己，总觉得这样写着不行，那样写着欠妥，越是时间不够用，越是浪费时间。

　　《暂坐》写城里事，其中的城名和街巷名都是在西安。在西安已经生活了四十多年，对它的熟悉，如在我家里，从客厅到厨房，由这个房间到那个房间，无论多少拐角和门窗，黑夜中也出入自由。但似乎写它的小说不多，许多人认为，我是乡村题材的作家，其实现在的小说哪能非城即乡，新世纪以来，城乡都交织在一起，人不是两地人了，城乡也成了我们身份的一个分布的两面。

　　突然想写《暂坐》缘于我楼下的那个茶庄搬走了。茶庄在的那些年，我每日两次都在那里喝茶，一次是午饭前，一次是晚饭后。喝到了好茶就只能再好不能将就，我已经被培养成喝茶贵族了，茶庄却搬走了。人在身体好的时候并不觉得还有呼吸，一旦病了，才知道呼吸的重要，且一呼一吸是那样的紧迫，一刻不停。

茶庄在卖着全城最好的茶，老板竟是一位女的，人长得漂亮，但从不施粉黛，装束和打扮也都很中性。我是从那时候，醒悟了雌雄同体性的人往往是人中之凤。她还有一大群的闺蜜，个个优游自尊，仪态高贵。我曾经纳闷：为什么男的没有，女的则有闺蜜呢，而且她的闺蜜还那么多？后来我也是醒悟了，女的比男的有更多的心事，无论多了不起的女的，她们都需要倾诉，闺蜜就是来做倾诉的。那些闺蜜隔三岔五地来到茶庄聚会，那是非常热闹和华丽的场面。这如一个模特在街上走，或许有人回头看，而十多个模特列队在街上走，那就满街注目。我是在茶庄看见了她和她的闺蜜，她们的美艳带着火焰令你怯于走近，走近了，她们的笑声和连珠的妙语，又使你无法接应。

她们活力充沛，享受时尚，不愿羁绊，永远自我。简直是，你有多高的山，她们就有多深的沟；你有云，云中有多少鸟，她们就有水，水中就有多少鱼。她们是一个世界。

现在，茶庄搬走了，不知是因经济下滑，又强有力地反腐，作为奢侈品的高档茶已越来越难卖了，还是房租太贵，员工的工资一再上涨，经营再也无法为继？而留给我的只是叹息，看茶碗在渴着，看蜡烛要烧死。

她们有太多的故事,但故事并不就是《暂坐》的文本。在《暂坐》里,以一个生病住院直到离世的夏自花为线索,铺设了十多个女子的关系,她们各自的关系,和他人的关系,相互间的关系,与社会的关系,在关系的脉络里寻找着自己的身份和位置。正如一段古文所写:"墙东一隙地,可二亩许,诛茅夷险,缭以垣,垣内杂种榆柳,夹桃花其中。"这是她们的生存状态,亦是精神状态。而菟丝女萝蔓延横生,日光漏叶莹如琉璃,叙述以气流布,凝聚为精则是结构之处。其中更有着陆以可的再生人父亲出现的奇异,有着冯迎幽灵萦绕的迷丽,使这人间的人确实有了两种:人类和非人类。也时空转换着,一切都有了起伏不定黑白无常的想象可能。

　　《暂坐》中仍还是日子的泼烦琐碎,这是我一贯的小说作法,不同的是这次人物更多在说话。话有开会的,有报告的,有交代和叮咛,有诉说和争论,再就是说是非。众生说话即是俗世,就有了观世音菩萨。观世音菩萨观的是大千世界中一切内外所有的诸声,而我们,则如《妙法莲华经》所言,虽未得天耳,以父母所生常耳总也听得,起码无数种人声,闻悉所解。

　　《暂坐》里虽然没有"我",我就在茶庄之上,如燕不离人又不在人中,巢筑屋梁,万象在下。听那众姊妹在说自己的事,说别人的事,说社会上的事,说别人在说她们的事,风雨冰雪,阴晴寒暑,吃喝拉撒,柴米油盐,生死离别,喜怒哀乐。明白了凡是生活,便是生死离别的周而复始地受苦,在随着时空流转过程的善恶行为来感受种种环境和生命的果报。也明白了有众生始有宇宙,众生之相即是文学,写出了这众生相,必然会产生对这个世界的"识","识"亦便是文学中的意义、哲理和诗性。

在写这些说话的时候,你怎么说,我怎么说,你一句,我一句,平铺直叙地下来,确实是有些笨了,没有着那些刻意变异和荒诞,没有着那些华丽的装饰和渲染,可能会有人翻读上几页便背过身去。但我偏要这样叙述的。在这个年代,没有大的视野,没有现代主义的意识,小说已难以写下去。这道理每个作家都懂,并且在很长时间里,我们都在让自己由土变洋,变得更现实主义。可越是了解着现实主义就越了解着超现实主义,越是了解着超现实主义也越是了解着现实主义。现实主义是文学的长河,在这条长河上有上游、中游、下游,以及湾、滩、潭、峡谷和渡口。超现实主义是生活迷茫、怀疑、叛逆、挣脱的文学表现,这种迷茫、怀疑、叛逆、挣脱是身处时代的社会的环境的原因,更是生命的,生命青春阶段的原因。处理这些说话,一尽地平稳、笨着、憨着、涩着,拿捏得住,我觉得更显得肯定和有力量,也更能保持它长久的味道。尽力地去汲取一切超现实主义的元素,丰富自己,加强自己,来从事适合了国情和自况的写作。视野决定着器量,器量大了怎么着都从容。

写过那么多的小说,总要一部和一部不同。风格不是重复,支撑的只有风骨。《暂坐》就试着来做撑竿跳,能跳高一厘米就一厘米。它的突破每每以失败为标志,俄国的那个巴捷耶娃似乎从没有见好就收。

齐白石在他晚年的绘画中,落款总是要写上八十几岁或九十几岁,这是一种释然,还是一种炫耀?而《暂坐》之所以敢纯写一群女的,实在是我不自信使然。写作中,常常不是我在写她们,是她们在写我,这种矛盾和分裂随处可见。写到了最后,困扰我的是,这些女人是最会恋爱的,为什么她们都是不结婚或离异后不再结婚?世上的事千变万化而情感是不会变的吗?还是如看到的那句话:别说我爱你、你爱我,咱们只是都饿了。我就这么疑惑着,犹如这个城市在整个冬季和春季所弥漫的雾霾,满天空都是个谜团。

二〇一九年九月十三日中秋夜

辑五

读张爱玲

先读的散文,一本《流言》,一本《张看》;书名就劈面惊艳。天下的文章谁敢这样起名,又能起出这样的名,恐怕只有张爱玲。

女人的散文现在是极其的多,细细密密的碎步儿如戏台上的旦角,性急的人看不得,喜欢的又有一班只看颜色的看客,噢儿噢儿叫好,且不论了那些油头粉面,单是正经的角儿,秦香莲、白素贞、七仙女……哪一个又能比得崔莺莺?张的散文短可以不足几百字,长则万言,你难以揣度她的那些怪念头从哪儿来的,连续性的感觉不停地闪,组成了石片在水面一连串地漂过去,溅一连串的水花。

一些很著名的散文家,也是这般贯通了天地,看似胡乱说,其实骨子里是道教的写法——散文家到了大家,往往文体不纯而类如杂说——但大多如在晴朗的日子,窗明几净,一边品茗一边瞧着外边;总是隔了一层,有学者气或佛道气。张是个俗女人的心性和口气,嘟嘟嘟地唠叨不已,又风趣,又刻薄,要离开又想听,是会说是非的女狐子。

看了张的散文,就寻张的小说,但到处寻不着。那一年到香港,其他什么书也没买,只买了她的几本,先看过一个长篇,有些失望,待看到《倾城之恋》《金锁记》《沉香屑》那一系列,中她的毒已经日深。——世上的毒品不一定就是鸦片,茶是毒品,酒是毒品,大凡嗜好上瘾的东西都是毒品。张的性情和素质,离我很远,明明知道读她只乱我心,但偏是要读。使我常常想起画家石鲁的故事。石鲁脑子病了的时候,几天里拒绝吃食,说:"门前的树只喝水,我也喝水!"古今中外的一些大作家,有的人的作品读得多了,可以探出其思维规律,循法可学,有的则不能,这就是真正的天才。张的天才是发展得最好者之一,洛水上的神女回眸一望,再看则是水波浩渺,鹤在云中就是鹤在云中,沈三白如何在烟雾里看蚊飞,那神气毕竟不同。我往往读她的一部书,读完了如逛大的园子,弄不清了从哪儿进门的,又如何穿径过桥走到这里。又像是醒来回忆梦,一部分清楚,一部分无法理会,恍恍惚惚。她明显的有曹霑的才情,又有现今人的思考,就和曹氏有了距离,她没有曹氏的气势,浑淳也不及沈从文,但她的作品的切入角度,行文的诡谲以及弥漫的一层神气,又是旁人无以类比。

天才的长处特长,短处极短,孔雀开屏最美丽的时候也暴露了屁股,何况张又是个执拗的人。时下的人,尤其是也稍要弄些文的人,已经有了毛病,读作品不是浸淫作品,不是学人家的精华,启迪自家的智慧,而是卖石灰就见不得卖面粉,还没看原著,只听别人说着好了,就来气,带气入读,就只有横挑鼻子竖挑眼。这无损于天才,却害了自家。张的书是可以收藏了常读的。

与许多人来谈张的作品,都感觉离我们很远,这不指所描叙的内容,而是那种才分如云,以为她是很古的人。当知道张现在还活着,还和我们同在一个时候,这多少让我们感到形秽和丧气。

《西厢记》上说:不会相思,学会相思,就害相思!《西厢记》上又说:好思量,不思量,怎不思量? 嗨,与张爱玲同活在一个世上,也是幸运,有她的书读,这就够了!

一九九四年十二月十七日早

沈从文的文学

一

中国的作家是从来不缺乏天才的，比如李白、苏东坡、曹雪芹、鲁迅，这样的名字可以列一大串。正是因为有他们存在，中国的文学才立于世界文学之林。他们留下了一份遗产和一份光荣，才使我们作为后人在面对西方文学时不至惶恐和自卑。学中文的人，搞汉语写作的人，我们必须了解他们的人生，熟读他们的作品，这是最基本的学业修养。

但天才作家的作品，我们只能神灵一般地敬奉他们，而无法复制和模仿，因为他们的写作无规律可循，常常是不从事写作的人读了他们的作品感觉他也可以写作，而从事写作的人却觉得不会了写作。

今天我讲沈从文。

对于沈从文,大家可能也是没人不知道的吧,我要讲的依然不是他作品的具体分析,还是我刚才说过的,天才作家只能接受其启示而是不可复制的,正如天才画家齐白石说过:似我者死。

伟大的作品都是看起来似乎非常平易,似乎人世间就真有那么些故事,不是笔写出来的,是天地间原本就存在的,这又如同一些科技发明,是上帝让某某人带到人类社会的。牛顿故居的墙上有人写着这样一首诗:自然和自然规律隐藏在黑暗中,上帝说,让牛顿去搞吧,于是,一切就光明了。

天才的作家也是这样。我们读《红楼梦》,读《聊斋志异》,你能感觉那是在编故事吗?你能认为那是在运用什么技巧吗?世界名牌服装,都是那么简洁,只有小裁缝们做衣裳才费尽心机,在领口上做花边,在袖头上绣饰物。盆景是精致的,大山上的草木和石头不需要布置。如果说人才、怪才、天才,人才是学成的,怪才是绝招的,他太注意突出自己的不同一般,太刻意,气量就狭小,而天才一切都"蹈大方",他是整体的,静水深流,看似平和,如水一样,谁都可以进去,进去就淹死了,是未为奇奇。

二

先说沈从文的生平。

为啥要说他的生平,这是因为什么生存状态决定什么人,什么人写什么文章。火而有焰,文是人的精神之光。研究一个作家,必须先研究他的生平。世上有许多作家,我们能不能学他,能不能学到他,只有研究他生成的原因,才能得出结论。肉是好东西,我也承认,但我是素食主义者,这肉对我是不贵重的。为什么有的作家对你有感应,有的没有呢,道理就在这里。

　　我讲一个例子,有一个画家带学生,要学黄宾虹,什么也不教,也不让临摹,半年内熟知黄的身世、生活习性,穿黄的衣服,让自我感觉自己就是黄宾虹,然后再临摹黄的画,学他的技法,突然进步神速。再举例子,我当时喜欢川端康成,搞不清他为什么能写出那样的小说,就寻他的所有资料,才明白日本的川端康成作品之所以阴郁,是他从小失母,身体多病,孤独敏感的原因,也以此,寻找我能不能学他,哪些东西与我的气质有关,哪些东西我无法学习。

　　沈从文一九〇二年出生于湘西凤凰。湘西凤凰地处川、湘、鄂、黔四省交界,多民族杂居,现在是著名的旅游胜地,当然人们去那里旅游有沈从文故乡的原因,但那里自然风光非常好,就是说那里的风水好。中国有古话说“得山水清气”,说“地杰人灵”,那是有道理的。穷山恶水是产不了佳木的,平原上的树多横长,深山的树多高直,戈壁滩上长的是骆驼草,太白山顶上的树只有一人高。沈从文的祖父是大将军,曾率领当地的一支军队随湘军攻打过太平军,也曾任贵州的提督,但死得早。祖母是苗族,没儿女,将祖父弟弟的二儿子过继了,这就是沈从文的父亲。父亲也是一名镇守边关的大将,一九〇〇年八国联军攻占了天津,其父解甲归田。母亲是土家族,回到凤凰第二年生下沈从文。沈从文十四岁入地方行伍,当过卫兵、班长、文件收发员、司书等。二十岁的时候,独自到北京寻找发展,如当今的"京漂族"。他报考了燕京大学,没有考上。外语不行,一口湘西土语,交际受障碍,在北京混不下去,就又返回家乡当兵。但在队伍中领伙食费时,又改变了主意,离开了队伍,又到北京谋生。这时他开始写作投稿。在这期间,因投稿屡屡不中,生活极度困难,临时当过图书管理员、报社编辑,再后因作品发表,逐渐声名大起来,到私立大学教书,以至最后任教到北大。从此成为名作家、名教授。这就是他前半生的经历。

他前半生的经历决定了他作品的一切基调。他的后半生,变化更是巨大,但没有再从事文学写作。后半生我在后面再讲。这前半生的经历可以概括这么几点:

一、绮丽的自然山水赋予了他特殊气质,带来多彩的幻想。二、民族交混,身上有苗、汉、土家族的血液,少数民族在长期受压的历史中积淀的沉忧隐痛,使他性格柔软又倔强、敏感又宽厚。三、出身地方豪门大户,经见得多,又生活丰实,看惯了湘兵的雄武以及各种迫害和杀戮的黑暗。四、在写作初期受尽艰辛,培养了"安忍静虑"的定力。他前半生的经历是成就一个作家的要素。

<h1 style="text-align:center">三</h1>

什么样的人可以当作家？可以说有各种各样的,如托尔斯泰是贵族,如司马迁受过屈辱,如屈原不被重视,如曹雪芹经历了繁华与败落。一般情况下,小时受磨难多的人容易成为作家,因为磨难多,人情炎凉就体验得多,而文学就是写这些的。胸中要有说的话,有悲痛、有郁情、有悲绪,不吐不快,不说不行。艺术都是情绪的东西。有社会情绪和个体生命的情绪。情绪如结合到一起,写出来就是好作品。任何艺术也都有个情绪在里边。如李商隐说:"春蚕到死丝方尽,蜡炬成灰泪始干。"那不是凭空说的,一定有对象,只是李死了,谁也不知道。好作品的产生就是这种情绪的产物。又传达的是社会情绪和个体生命情绪的统一。现在有的作品是为了发表,为写而写,当然出不了好作品。

古人说:读万卷书,行万里路。古人的行万里路,那时交通不便,骑个毛驴出走,一路上风雨冰雪,一路上不知吃在何处投宿哪里,有狼虫虎豹,有强盗毛贼,他的体验是生命的体验。如果现在坐飞机旅游,一两个小时就到一地,这个城市和那个城市大致一样,吃喝不愁,你就是行十万里,也是没有多少体验的。

我再讲几个小例子。

沈从文的《湘西散记》里写了他大量的少年生活,他是生活在多民族的环境中,又是地方豪门大户,那里孔孟的东西少,自然的、野性的东西多,他不受约束,生命是活泼的、天真的,所以长大以后做人没顾忌。他到北京后,因丁玲也是湖南人,名声也大,与之交往,感情真挚,丁玲入狱后他听到了丁玲死了还写悼念文章。但后来两人发生误会,误会是因别人流言所致,丁玲怨恨他,他也不申辩,以致解放后长期受排挤,他就默默活着,隐忍着。

他在京最困难的时候,冬天很冷,在一个仓库里写作,没有火取暖,衣服单薄,郁达夫去看他,把围巾送给了他。他投稿屡投屡退,当时《晨报副镌》的主编是孙伏园,一次编辑部会上,孙搬出一大摞他的未用稿,说:这是某某大作家的作品。说完扭成一团,扔进废纸篓。

他教书后看上了张兆和,张兆和是一个美女加才女,他爱得不行,给人家写求爱信,张却看不上他,把信编了号,别人说:沈从文能给你写信,这是难得的好事呀!后来经沈从文尽力争取,他们才结了婚。解放初期,沈从文境遇极度不好,夫妻关系不好,但他一直深爱张兆和。他有一个单独的学习写作的房子,每天带点熟食一早去,晚上回来,这样的生活一直持续十多年。

我是没有见过沈从文的,当年一个朋友去北京见过他,回来说,老头像老太太,坐在那里总是笑着,那嘴皱着,像小孩的屁股。我说那是他活成神仙了。有一个很奇怪的现象,凡是很杰出的男人,晚年相貌都像老太太。

我说这些是什么意思呢?说明沈从文不是个使强用狠的人,不是个刻薄刁钻的人,他善良、温和、感受灵敏、内心丰富、不善交际、隐忍静虑,这就保证了他作品的阴柔性、温暖性、神性和唯美性。

四

现在分头说说他作品的这几方面特点。

沈从文真正创作的时间并不长,从一九二四年至一九四九年,共有二十五年左右,人不到五十岁就停止了。五四时期那一代作家,一九四九年前创作基本上就停止了,也都是五十岁左右,拿陕西来说,柳青、杜鹏程、王汶石等也是四十岁左右,"文革"开始了也就创作停止了。沈从文二十五年时间作品结集八十多部,是现代作家中成书最多的一个。人们熟知的,比如《柏子》《龙朱》《阿黑小史》《月下小景》《边城》《长河》《湘西散记》等。

说他的阴柔性。他的作品有一种忧郁气质,有一种淡淡的伤感基调。作品的题材都是社会下层的士兵、妇女、小职员的日常人生,即便写妓女也都是下等妓女。

在他写作的年代,国家破碎、民族灾难,鲁迅在写《彷徨》《呐喊》,茅盾在写《子夜》,巴金在写《家》《春》《秋》,还有柔石那一批作家,还有延安边区那一批作家革命性更强。而沈从文的作品似乎并没有直接涉及当时的风云。换句话说,他不是政治性强的作家,他的作品没有成为政治宣传品,不是匕首和投枪,他也不是战士。没有直接写政治、写社会问题,使他的作品不阳刚,也因此不僵硬。当他初冒出来的时候,以别样的生活,别样的色彩,惊动着文坛,成为京派作家的一员大将,但他在那个时候不可能成为旗手,以至后来政治性的、社会问题性的、大题材的东西占领了中国文学,沈从文便渐渐边缘化,受到了漠视、排挤和攻击。

这种情况和张爱玲一样,张爱玲也只是写她的没落家族的生活,所以上世纪五十年代初她就出国了,张是有家庭背景的,自由相当大的人,她可以出国,沈从文就只有留下来,因为他的性格决定了他的行为。一九四九年以后,因种种原因他退出了文坛,可以说,即使他还在文坛,他也是写不出来的。而文坛有这样的情况,人人都知道他是个诗人作家,但谁也不知道他写了什么诗什么小说,这样的人往往在文坛混得最长。

我在"文革"后期,有一天去图书馆翻到他的一本书,那是我第一次读他的书。书是丛书,序言是由别人写的,序言中说他如何有才华,文笔如何好,但有一句话我记得清楚,就是:他只能算二流作家。但那时我不知道沈是谁,非常喜欢读他的作品。后来一本书上收了他的一个作品,我还给出版社写信,要求多收他的作品,又过了多年,他的文集才出来。我一直在说这样的话,作品必须经过五十年的考验，如果五十年后还有人在读，那就是好作品。

五十年后沈从文怎么样呢？沈从文成了中国现代文学超一流作家，成了作家和从事文学工作者的必修课。为什么呢？文学有文学的规律，文学就是写人性的，脱离了人性，而将文学当作政治的宣传品，你轻视着文学规律，文学也就最后抛弃你。近五十年后沈从文的浮出，是中国文学观的改变，可以说，对待沈从文的态度变化，是二十世纪中国文学的心路历程。

这一点，我们一定要记住，文学一定要遵循文学规律，文学不是政治宣传品。以政治观念写作品，即使一时红火风光，最后也是一无所有。而文学不作御用，有人又写成揭露、暴露、黑幕性的作品，思维上和御用一样的。同样一无所有。

我写过一个中篇《艺术家韩起祥》，就写了一个艺术家如何一步步变成政治宣传品，最后悲凉地死去。这就牵涉出了政治的关系问题，中华民族是一个苦难民族，因为苦难，政治情结就浓，所以有"铁肩担道义，妙手著文章"之说，伟大的文学作品既要关注现实，又要追问人的本身。讲政治要讲大政治，关注和追问的是大政治。

他的温暖性。善良而宽宏的作家才能写出温暖的作品。沈从文写下层社会的人的日常人生，同时期的老舍也是写下层社会的日常人生，两人都是伟大作家，但老舍的眼光是批评的眼光，以一个改革者的眼光来看待人性,而沈从文以温和的心境,尽量看取人性的真与善。他对人性的真与善的关注和肯定,集中体现于笔下的女性形象的塑造。我们姑且不论其长篇、中篇,即使那些短篇,比如《柏子》和《丈夫》中的妓女都是那么可爱、可怜,读完让你心跳和叹息。

作品的温暖性,可以使作品有慈爱心。我有这样的体会,小时候家境不好,父亲从学校带回一点吃食,当我们兄妹四人在那里吃的时候,他是静静地坐在那里看着我们吃。我做了父亲后,每当弄些好吃的带回来给孩子吃,我也是坐在对面看着,我体会到一个做父亲的那种感觉。读沈从文的小说,我就想到父亲的神情,我感觉沈从文对他的人物就是这种神情。

作品的温暖性,更使文笔优美,没有生硬尖刻,没有戏谑和调侃,朴素而平实,幽默也是冷幽默。他不是刻意要批判什么,作品里看不出谁是坏人,谁是好人。一切都是温情。他表现悲剧现实,如果在作品中好人坏人分明,那就不是好作品。《红楼梦》中贾、林的悲剧是谁制造的呢?是贾母,是宝钗,是宝玉,是黛玉,好像都有,又都没有,是社会的悲剧,是人人都有份,但你又不能怪哪个人。

说到神性。好小说都是有神性的,也就是有精神的。作品要讲究维度,要提升精神层面。有的作品是政治传声筒,这是令人反感的;有的是把人物作为背景,去研究一个个具有当下性的社会问题,这是讨厌的;有的以观念写作,全文就为着演义又一个观念,同样面目可憎。现在有许多作品,写现实,不应称之为现实主义,没有精神意象的现实作品不是现实主义作品。

沈从文写的是下层社会人的日常生命状况,他探寻的是关于人的最为根本意义上的爱、真、美,他的小说才具备了生命力。他有一句名言,说他的作品是建一个希腊小庙。通过对淳朴的爱恋的风土人情的描摹,营造一个特殊精神空间,这个精神空间与作者所身处的特性空间形成强烈对照,这精神空间就是"希腊小庙",庙里供奉的是一种充实人性和神性的爱。一方面经营"希腊小庙",一方面现实却是人欲横流、红尘滚滚,这样就必然产生孤独和悲凉,他的作品又温馨又哀伤是自然而然的。我画莲喜欢画出藕、茎和花,莲花就是藕的精神之花,这朵花是艳丽的、洁净的,又艳丽和洁净得无比哀伤。

佛的眼是微闭的,佛的态就是透着这种味道。沈从文这一点,我们在读他的书时,一定要体会。我们写作为什么得有这种神性,精神空间为什么缺乏,而他又是怎样寻找、怎么处理和完成这个精神空间的?

再说唯美性吧。中国作家历来分两类:一类政治性强,大题材,大结构,雄浑刚健,这类作家和作品弄得好当然好,而且在当代当红,弄得不好就极其不好,作品寿命极短。另一类讲究文体,讲究艺术,讲究语言,讲究气韵。当然弄得不好,影响大气,沦为柔弱和矫情。但这类作家的作品寿命长,他的文字至老都好,即便留一个便条都有味道。

举个例子吧,现代作家废名是唯美化的,沈从文向他学习过,他的作品特别讲究,太讲究了就冷僻、孤寂,失去大气。古诗人贾岛如此,废名也如此,而沈从文学废名脱于废名,他作品的气是向外喷的。孙犁的荷花淀派之所以后继无人,就是后学者气小了。唯美性的作家作品有一个很重要的特点,艺术感觉好、文笔美,善于运用"闲话"增加韵味,我比喻为往水面上抛石子,有人抛一个石子,咕咚就沉水了,有人的石子在水面上连续打漂。他们反复叙说一件事,文笔独思妙想,有无尽的细节,这需要感觉和想象。沈从文如此,张爱玲也如此。大家可以读沈的《龙朱》。

五

下面,我谈谈沈从文给我们的启示。

一、成功的作家,必须是天生的一份文学才能,这份才能不是学校能培养的,它是大自然的产物。只要他胸中有文学,一经开发就有文学作品;若胸中没有,后天的努力也只能成就一般。

知识并不等于智慧,而智慧就是悟的积累。在日常生活中悟一些道理,逐渐积累,洞彻天地自然的规律。大师父都是悟道的,有的是顿悟,豁然洞开,有的是历经无数劫难渐悟的。张爱玲讲

"发展自己的天才"，只要你感觉你有这方面才情，你就好好去发展。许多写作人初期都询问：自己是不是这方面材料，最后能不能成功。别人是无法回答的，自己有感觉，这如同端来一碗饭，你会感觉自己能不能吃下。说这样的话，不是要打击一些初学文学的人，我强调的是悟性，作家必须靠悟，有一句话"读书不求甚解"，是说可以不完善，但能从这一点悟出那一点。所以作家不一定学历多高，沈从文没上过大学，张爱玲没上过大学，鲁迅是学医的，现在理工科学搞文学都比学中文的写得好，思维广阔，学文的最害怕学死。

二、文学是人学，应该写出人的理想，写出人对自身的追问。这是正道，也是唯一的道。所以，在中国这个政治性特强的国度里，一定要建立文学观，否则一时红火，得名取利，都是最后悲伤的。中国作家，有人是在政途上失意后转入文学，有人以文学作为跳板进入政途，有人说是搞文学，经不住一个科长职位的诱惑，这样都不是真正弄文学，也可以说不是能在文学上成事的人。

沈从文埋没几十年，是海外重视而影响国内的，也是社会进步后对文学重新认识的。当年沈从文无法搞文学，转向文物研究，他经手过瓷器、铜器、玉器、漆器、绘画、家具、绸缎一百万件，当讲解员几十年，接待三十万人次，写了《中国丝绸图案》《唐宋铜镜》《明锦》《战国漆器》等，他"隐忍不动，犹如大地，静虑深密犹地藏"。但是金子终究发光，古镜愈磨愈亮，当夏志清在海外大力宣传他,海外汉学者以研究他而获得博士学位,他终于文物出土。他同张爱玲、钱锺书浮出后,一直还有争议,同辈人对他有非议,那是嫉妒,文坛也很恐怖,文学是马拉松运动,同辈人是压不住的,现在年轻作家力捧沈从文就是证明。

三、社会复杂,文坛也复杂,各色人等,当人境逼仄的时候,精神一定要浩渺无涯,与天地往来。人要高贵,作品立意要高贵,这种高贵不是你去当官、得势,中国是根深蒂固的官本位国度,所以文坛上为当个官争破头。昨天,一个书法评论家到我那儿,说起现在书画为什么那么热,本来书画是极少数人的事。我说,如果排除经济利益,你看还有几个人爱书法、绘画? 所以,当你受到不公平待遇,你可以不反抗,但你要隐忍,要静水深流,靠作品说话。

四、对于沈从文,任何人讲都无法讲清,真正要了解他,认真读他的作品,品味他的一段一句一字,悟出沈从文为什么是沈从文,悟出沈从文能不能同自己有感应。你感应了,你就会学到他许多东西。

本来,在讲沈从文之前,我应该要求同学们熟读他的作品,但我先来讲了,可能听我现在的讲课难以理解深,那就以我的讲课作为一个引子你们再去读吧。声明的是,我讲的是我读过的沈从文,是一个作家去读另一个作家的感受,这种感受只是:他那样写我能不能那样写,他写的东西哪些我可以写,哪些我写不了。所以,我讲的不是全面的评价沈从文,只是一家之言而已,仅供参考。

二〇〇五年十一月十八日

本文系作者在西安建筑科技大学的讲课稿

孙犁论

读孙犁的文章,如读《石门铭》的书帖,其一笔一画,令人舒服,也能想见到书家书时的自在,是没有任何病疾的自在。好文章好在了不觉得它是文章,所以在孙犁那里难寻着技巧,也无法看到才华横溢处。《爨宝子》虽然也好,郑燮的六分半也好,但都好在奇与怪上,失之于清正。而世上最难得的就是清正。孙犁一生有野心,不在官场,也不往热闹地去,却没有仙风道骨气,还是一个儒,一个大儒。这样的一个人物,出现在时下的中国,尤其天津大码头上,真是不可思议。

数十年的文坛,题材在决定着作品的高低,过去是,现在变个法儿仍是,以此走红过许多人。孙犁的文章从来是能发表了就好,不在乎什么报刊和报刊的什么位置,他是什么都能写得,写出来的又都是文学。一生中凡是白纸上写出的黑字都敢堂而皇之地收在文集里,既不损其人亦不损其文,国中几个能如此?作品起码能活半个世纪的作家,才可以谈得上有创造,孙犁虽然未大红大紫过，作品却始终被人学习，且活到老，写到老，笔力未曾丝毫减弱，可见他创造的能量多大！

评论界素有"荷花淀派"之说，其实哪里有派而流？孙犁只是一个孙犁，孙犁是孤家寡人。他的模仿者纵然万千，但模仿者只看到他的风格，看不到他的风格是他生命的外化；只看到他的语言，看不到他的语言有他情操的内涵，便把清误认为了浅，把简误认为了少。因此，模仿他的人要么易成名而不成功，为一株未长大就结穗的麦子，麦穗只能有蝇头大；要么望洋生叹，半途改弦。天下的好文章不是谁要怎么就可以怎么的，除了有天才、有夙命，还得有深厚的修养，佛是修出来的，不是练出来的。常常有这样的情形，初学者都喜欢拥集孙门，学到一定水平了，就背弃其师，甚至生轻看之心，待最后有了一定成就，又不得不再来尊他。孙犁是最易让模仿者上当的作家，孙犁也是易被社会误解的作家。

孙犁不是个写史诗的人（文坛上常常把史诗作家看得过重，那怎么还有史学家呢?），但他的作品直逼心灵。到了晚年，他的文章越发老辣得没有几人能够匹敌。举一个例子，舞台上有人演诸葛，演得惟妙惟肖，可以称得"活诸葛"，但"活诸葛"毕竟不是真正的诸葛。明白了要做"活诸葛"和诸葛本身就是诸葛的含义，也就明白了孙犁的道行和价值所在。

一九九三年二月二十四日

怀念路遥

时间真快,路遥已经去世十五年了。十五年里常常想起他。

想起在延川的一个山头上,他指着山下的县城说:当年我穿着件破棉袄,但我在这里翻江倒海过,你信不?!

我当然信的,听说过他还是少年时的一些事。他把一块石头使劲向沟里扔去,沟畔里一群鸟便哄然而起。

想起在省作协换届时,票一投完,他在厕所里给我说:"好得很,咱要的就是咱俩的票比他们多!"他然后把尿尿得很高。

想起他拉我去他家吃烩面片,他削土豆皮很狠,说:"我弄长篇呀,你给咱多弄些中篇,不信打不出潼关!"

想起他从陕北写作回来,人瘦了一圈儿,我问写作咋样,他说:"这回吃了大苦咧,稿子一写完,你要抽好烟哩!"

想起《平凡的世界》出版后一段时间受到冷落,他给我说:"狗日的,一满都不懂文学!"

想起获奖回来,我向他祝贺,他说:"你猜我在台上想啥的?"我说:"想啥哩?"他说:"我把他们都踩在脚下了!"

想起他几次要我调到省作协去,而我一直没去,当又到换届的时候,正是我在单位不顺心,在街上碰着他去购置呢绒大衣,我说了想去作协的想法,他却说:"西安那地盘你要给咱守住啊!"

想想他受整时,我去看他,他说:"要整倒我的人还没有生下哩!"我生病住了院,他带着烟来看我,说:"该歇一歇了,你写那么多,还让别人活不活?!"

想起他的虎背熊腰。

想起他坐在省作协大院那个破藤椅里打盹的样子。

想起他病了我去看他,他说:"这个病房好吧? 省委常委会开了会让我住进来的。"

想起他快不行了,我又去医院看他,他说:"等我出院了,你和我到陕北去,寻个山圪崂住下,咱一边放羊一边养身子。"

他是一个优秀的作家,他是一个出色的政治家,他是一个气势磅礴的人。但他是夸父,倒在干渴的路上。

他虽然去世了,他的作品仍然被读者捧读,他的故事依旧被传颂。

陕西的作家每每聚在一起,免不了发感慨:如果路遥还活着,不知现在是什么样子? 这谁也说不准。但肯定的是他会写出更多更好的作品,他会干出许多令人佩服又咋舌的事来。

他是一个强人。强人的身上有他比一般人的优秀处，也有被一般人不可理解处。他大气，也霸道；他痛快豪爽，也使劲用狠；他让你尊敬也让你畏惧；他关心别人，却隐瞒自己的病情；他刚强自负不能容忍居于人后，但儿女情长感情脆弱内心寂寞。

陕西画界有人以为自己是石鲁，我听到石鲁的一个学生说："他算什么呀，不要说石鲁的长处，他连石鲁的短处都学不来！"

路遥是一个有大抱负的人，文学或许还不是他人生的第一选择，但他干什么都会干成，他的文学就像火一样燃出炙人的灿烂的光焰。

现在，我们很少能看到有这样的人了。

有人说路遥是累死的，证据是他写过《早晨，从中午开始》的书。但路遥不是累死的，他昼伏夜出，是职业的习惯，也是一头猛兽的秉性。

有人说路遥是穷死的，因为他死时还欠人万元，但那个年代都穷呀，而路遥在陕西作家里一直抽高档烟，喝咖啡，为给女儿吃西餐曾满城跑遍。

扼杀他的是遗传基因。在他死后，他的四个弟弟都患上了与他同样的肝硬化腹水病，而且又在几乎相同的年龄段，已去世了两个，另两个现正病得厉害。

这是一个悲苦的家族！

一个瓷杯和一个木杯在一做出来就决定了它的寿命长短，但也就在这种基因的命运下,路遥暂短的人生是光彩的,他是以人格和文格的奇特魅力而长寿的。

在陕西,有两个人会长久,那就是石鲁和路遥。

二○○七年十一月十七日

说莫言

中国出了个莫言，这是中国文学的荣耀。百年以来，他是第一个让作品生出翅膀，飞到了五洲四海。

天马行空沙尘开，他就是一匹天马。

我最初读他的作品，我不是评论家，无法分析概括他创作的意义，但我想到了少年时我在乡下放火烧荒的情景。

那时的乡下，冬夜里常有戏在某村某庄上演，我们一群孩子就十里八里地跑去看。那是我们最快活的事，经过那些收割了庄稼的田地或一些坡头地畔，都是干枯的草，我们就放火烧荒。火一点着，一下子就是几百米长火焰，红黄相间，顺风蔓延，十分壮观。

这种点荒是野孩子干的事，大人是不点的，乖孩子也不点的，因为点荒能引燃地里堆放的苞谷秆，还可能引发山林火灾。

但莫言点了，他的写作在那时是不合时宜的，是反常规的，是凭他的天性写的,写得自由浪漫,写得不顾忌一切。

自他这种点荒式的写作,中国文坛打破了秩序,从那以后,一大批作家集合起来,使中国文学发生了革命。

莫言一直在发展着他的天才,他的作品在源源不断地出,在此起彼伏的鼓声中,当然也有指责和谩骂,企图扼杀。

但他一直在坚挺着,我想起了野藤。在农夫们为果园里的果树施肥、浇水、除虫、剪枝地伺候,果树还长得病病蔫蔫的,果园边却生长了一种野藤,它粗胳膊粗腿地长,疯了地长,它有野生的基因,有在底下掘进根系吸取营养的能力,有接受风雨雷电的能力,这野藤长成一蓬,自成一座建筑。

这就是猕猴桃,猕猴桃也称为奇异果,它比别的水果好吃且更有营养。

读过了他一系列作品,读到最后,我想得最多的是乡间的社火。

我小时候在我们村的社火里扮过芯子,我知道乡间最热闹的就是闹社火。各村有各村的社火,然后十点开始到镇街上集合游行,进行比赛。我扮的芯子是桃园三结义中的关公,六点起来,在院子里被大人化装,用布绑在铁架上,穿上戏装。当社火到了镇街,那是人山人海,红旗招展,锣鼓喧天,相当地狂欢。莫言的作品就是一场乡间社火,什么声响都有,什么色彩都有,你被激荡,你被放纵,你被爆炸。

我也想过,莫言给了我们什么启示?

一、他的批判精神强烈,但他并不是时政的,而是社会的人性的。

鲁迅的批判就是这样的批判。如果纯时政的,那就小了,露了,就不是文学了。他的这种批判也不是故意要怎么样,他本身就是不合常规的,它是以新的姿态新的品种和生长而达到批判力量的。这如桑麻地里长出的银杏树,它生长出来了它就宣布这块土地能生出银杏树。

二、他的传统性、民间性、现代性。传统性是必然的,他是山东人,有孔夫子,这是他的教育。民间性是他的生活形成。现代性是他的学习和时代影响。传统性和现代性是这一代作家共有的,而民间性则各有不同,有民间性才能继承传统性,也能丰富和发展现代性。

三、他的文取决于他的格,他的文学背后是有声音和灵魂的。

四、他成功前是不可辅导性,成功后是不可模仿性。

莫言是为中国文学长了脸的人,应该感谢他、学习他、爱护他。祝他像大树一样长在村口,使我们辨别村子的方位。

二〇一四年十月十八日

205

如莲的喜悦

——贺忠实同志获茅盾文学奖

当我听到《白鹿原》获奖的消息，我长长吁了一口气。我想，仰天浩叹的一定不仅我一人，在这个冬天里，很多很多的人是望着月亮，望着那夜之眼的。

其实，在读者和我的心中，《白鹿原》五年前就获奖了。现今的获奖，带给我们的只是悲怆之喜、无声之笑。

可以设想，假如这次还没有获奖，假如永远不能获奖，假如没有方方面面的恭喜祝贺，情况又会怎样呢？但陈忠实依然是作家陈忠实，他依然在写作，《白鹿原》依然是优秀著作，读者依然在阅读。污泥里生长着的莲花是圣洁的莲花。

作品的意义并不在于获奖，就《白鹿原》而言，它的获奖重在给作家有限的生命中一次关于人格和文格的正名，从而供生存的空间得以扩大。外部世界对作家有这样那样的需要，但作家需要什么呢？作家的灵魂往往是伟大的，躯体却卑微，他需要活着，活着就得吃喝拉撒睡,就得米面油茶酱,当然,还需要一份尊严。

上帝终于向忠实发出了微笑,我们全都有了如莲的喜悦。

一九九八年春

辑六

一匹骆驼

一九八三年秋天,西安的雨特别多,哪里也不能去得,古老而完整的围城里,日子过得闷闷的。到了十月,天津搞散文评选,获奖通知里有我的名字;妻很高兴,说:"你不是老念叨那里吗? 这下逢机会了,公私兼顾,你可以去见见孙犁了。"我说:"是的。"脸子就涨得红红的,几天里慌得捉不住事做。出门的日子越来越近,我却胆怯起来。我形象委琐,口舌木讷,平日很少往大城市去,更绝无拜见过什么名人,听说天津街道曲折,人又欺外,会不会在那里迷失方向,遭人奚落呢? 再说去见孙犁,又怎么个言语呢? 妻好骂了我一顿窝囊,自个就收拾起我的行李,带了家乡的葡萄酒、木耳、核桃。东西已装好了,我取了出来,说送这些东西,虽是家乡山货,但都是口吃之物,未免有些那个,我怎么好意思在人家面前掏呢? 妻便又说:"那就把玉石枕头带上吧。"这是一件长长的玉石凿成的物件,冬枕不凉,夏枕消暑,能治头痛眼热;她的父母早些年里给儿女分家,特意留给她的一件作纪念。我就笑了:"这成什么体统呀,你视它是传家的宝贝,可于别人那就是一块冷石头了,何况那是乡下人用的东西,大城市里哪会用上?"妻是刚从乡下搬进城来不久,什么都以乡下人走亲戚待客的规矩准备。她就为难了,说:"你们这些文人,这也庸俗了,那也逊眼了,人家老老的人,你莫非空手去吗?"我蓦地记起在一张孙犁的照片上,看见过他身后的墙上挂着一幅骆驼的画,就说:"带一件唐三彩的骆驼吧,唐三彩有咱秦地的特点,骆驼又是老人喜爱的形象,岂不更有意思吗?"妻便依了我,小心翼翼将书架上珍藏的一匹瓷质的骆驼取下来,用绸子手帕擦了灰尘,一边包裹,一边说:"这使得吗?这使得吗?"

十月二日,妻按乡下的风俗,包了饺子给我吃了,亲自送我到车站,帮我拉了衣襟,叮咛勤勤注意把衣领整好。上车了,还说:"包儿不要放在行李架上,要抱在怀里。"我当然就抱了包儿,后来实在不方便,才爬上最顶的卧铺,用毛毯紧紧围在铺角。过上几个小时,就爬上去看看。谁也不知道那包儿装了什么,我一直留神着周围人的神色,会不会发生被盗的危险呢?夜里去睡,包儿放在枕边,地方小,不能仰躺,就侧着,恍恍惚惚的,但终没有掉下来。到了北京,乘客都争先往车下拥,我却不敢妄动,最后一个下的车。车站上人很多,通道全挤满了,我第一次真切地感到了人多的可恼,又都慌慌张张,像要去武斗似的。我慢慢往前走,别人可以碰我,我却不敢碰别人。包儿挎在肩上,一只手又过去抱住,生怕包带儿突然会断了。吩咐同行的三个同伴分别在我前后:"若有人要碰我,你们要保护呀!"出了车站,我仍疑惑不定,问道:"是不是有人碰着我了?"他们就唬唬谑笑。我说:"我怎么有一种破碎感?"他们更笑骂我是书呆子气,又故意逗我,提出一些满足他们的条件,说:"要不,我们就不保护你了!"我只好百依百顺。

本来从北京到天津,两个小时的火车就到。但出站、买票、候车,却花了整整四个小时,下午五点五十八分,我们才坐上去天津的列车。乘客不多,包儿就坐了一个位,被我用手搂着。天黑下来,大家都疲困了,坐着打盹,我不能睡去,竭力从窗玻璃上往外看。外边的世界是黑颜色,玻璃上映出好多乘客的脸面,当然最清楚的是我的眉眼了:头发乱乱的,腮帮子显得更瘦。心想:我真是要去天津吗? 两年前,当我发表了一篇小小的散文,孙犁偶尔看到了,写了一篇读后感的文章。对于他的人品和文品,我很早就惊服得五体投地,我一个才练习写作的小青年的一篇幼幼稚稚的散文,倒得到他的笔墨指点,这使我很激动,也鼓起了我写散文的勇气。于是,我给他去了一信。万没想到,就在他收到我信的三个小时后,他便给我回了一信,谈了许多指点我写散文的见解。从此,我们就通起信来,他的每一次来信,都十分认真,有鼓励,有批评,直来直去,甚至在大年三十的中午,为我用毛笔书写了南朝文人沈约的《宋书·谢灵运传论》里关于作文语言变化运用的条幅。但我又不敢多给他去信，怕打搅一个七十岁高龄的老人的生活。一些朋友都劝我去天津看看他，我也时时作着去天津的念头。但正式要去了三次，三次也没有成功。一次已经买了车票，却因为突然有个紧急会议没有去成。一次到北京开会，和妻说好顺路去天津，但在北京车站徘徊了许久，又作罢了。我知道自己的劣性儿，害怕见人，害怕应酬，情绪又多变化，曾经三次登华山，三次走到华山脚下，却又返回了。一回到家里，就十分后悔，自恨没出息。想：三去华山而不登，华山会长存；三次去见孙犁却不能，老人已经七十，难道还能再活七十吗？现在，身下的车是实实在在往天津开了，一个呆头呆脑的矮个子怎么行走在繁华的天津大街上，一个蹩脚蹩手的学子怎么坐在一位文学大家的面前呢？我的胆怯又出现了，我赶忙闭上眼睛，心里说：什么也不要想，什么也不要想了。

夜里八点多，到了天津，我们给散文评委会打了电话，我估计从电话打通到车来还需一段时间，就放下包儿，一个人去找厕所，又一个人去买烟，才悠悠抽着，同伴就大声喊我，原来接车就在近处，在我去厕所时他们已接上头了。我忙跑过去，人都上了车，我一钻进去，车就开动了。我悄悄问同伴："我的包儿呢？"回答："都装在车上了。""没轻放吗？""还用你说？"街道在白天或许平平坦坦，夜里灯光一打，路面却坑坑洼洼起来，车时不时颠一下。每一颠，我就心一紧：会不会颠坏骆驼？真想把包儿抱在怀里，但行李全放在车后尾舱,要取是不可能了。我心里就嘀咕了:"不会损坏吗?""哪儿就能损坏了?""天津街道这么不平?"心里总不踏实,只恨离住地太远了。到了招待所,车停了,迎接的同志指着面前的楼房说:就住在二层上。我看见二层楼上灯光亮着,窗口有人在叫着欢迎的话,我多么高兴啊!这时候,迎接的人去打开尾舱取行李,舱一打开,突然掉下一个包儿来,"咚"的一声,我一下子惊慌起来:这是谁的包儿?不敢是我的包儿吧?包儿掉下来,在空中是翻了个个儿,依然底部着地的,那是一个崭新的不大不小的外边有一个小兜的皮包,我"嗡"地脑袋就大了,一把将它拎起来,站在那里一动不动了。同伴们也都发觉了,都闭了气儿,看我的脸色,问:"怎么会是你的?"我还是说不出话来。"不要紧吧?"我说:"不要说,不要说了!"言语里有了几分恼怒。再也顾不得与一些人寒暄,提着包儿就上了楼,就进了安排好的房间。一边自言自语:不会打碎吧?怎么会打碎呢?但却不去打开包儿看看,反而点上一支烟,千声万声在心里祝福:它是不会碎的,它掉下来的时候是底儿朝下的,哪儿会打碎了!足足过了两个小时,我又走出房间,故意和一些同志打招呼,说,笑。然后再走回来,将门插了,慢慢将包儿打开,心中充满了战战兢兢又迷迷糊糊的神秘色彩。啊!果然没事,骆驼依然在包儿里站着,高昂的头颅,下垂的脖子,我太兴奋了!再用手往下摸去,突然触到了什么东西,硬硬的,慢慢取出来,竟是一条断了的腿的瓷棍儿。我站在那里,眼睛一下子直了。

　　骆驼一共破碎了四条腿,三条是硬伤,一条的脚上碎裂成几十个粒颗儿。我没有勇气把它送给孙犁了。第二天,到了孙犁家,老人正站在门口的花台子上,大个儿,暖洋洋的太阳照着全身,眼睛眯着,似乎有一种黑和蓝的颜色。经人介绍,他迟疑了一下,就叫着我的名字,同时拉我进了屋子,连声说:"我才给你写好了信啊!"桌头上果然放着一封写给我的信。这封没有邮票,不加邮戳的信手接手地邮到了。我一时不知说什么好。他显得很快活,倒水,取烟,又拿苹果;问了这样,又问了那样,从生活,到写作,一直谈到读书,他打开了他的书柜让我看他的藏书,又拿了藏书目录让我翻阅。吃罢午饭,当我红着脸讲了骆驼破碎的过程,他仰头哈哈大笑,说:"可以胶的,可以胶的! 文物嘛,有点破损才更好啊!"两天后,我将用胶粘好的骆驼放在他的书案,他反复放好,远近看着,说:"这不是又站起来了嘛!"便以骆驼为话题,又讲了好多为人为文的事。他是慈祥而又严厉的人,有好说好,有坏说坏。又是一个上午过去,又在那里吃饭,又是戴了帽子,拄了拐杖送我到院门口,又是叮咛我多来信。

　　这天夜里,我给家中的妻写了信,信中对于骆驼的事自我责骂了一通,写道:"你也不要再怨我,其实世上的事本来就没有十全十美的,愈是不十全十美才愈有了诗意吧;越是珍贵的东西,越是容易破碎,越是容易破碎的东西,也越是珍贵的吧。我留给孙

犁的是一匹破损的瓷的骆驼的遗憾,孙犁留给我的是人品文品的
永久启示的满足啊!"

一九八三年

写《废都》的日子

上世纪八十年代后期，一九八八、一九八九、一九九〇这几年，一方面父亲去世，家里发生好多变故，自己得了肝病，身体状况常年不好，几乎每年都在西安住几个月的医院，把西安所有医院都住遍了，而且为治病采取各种各样的治疗方式；当然也有很多社会原因，精神很苦闷，觉得不知道该干什么。

父亲去世时，我是三十六七岁，在这之前，从来没有接受过亲近的人、亲朋里面有死亡的。年轻时候，死亡这个概念离得特别远，好像与你无关系一样。我父亲得了三年病，做了个手术。那三年，儿女一直在提心吊胆，就不知道哪一天突然给你发生，好像头上悬一颗炸弹一样，不知道什么时候给你爆炸，所以一直悬着心。去世的时候，他在老家，没有在我这儿住，看完病以后就把他送回去，送回去我又返回来，要在城里这边买药，买好多药。

他胃上有毛病，到晚年特别疼痛，我得在城里给他买杜冷丁。

当时杜冷丁不能随便买，必须医生开证明才能买一次，但后来一次也不起作用，必须不停地买。他两三天打一次，后来变成一天打一次，一上午打一次，一上午打几次，需要得特别多，我在城里负责给他买药。

等我回去，一到村口，看见堂哥穿着孝服，我就知道坏事了。父亲最后咽气那个时候，我没在现场。父亲去世对我打击特别大，因为从来没有经受过那个事情，三十六七岁，人生突然有这个，当时特别悲痛。我一想起来就流眼泪，就给他写过好多文章，寄托自己那种哀思。

现在回想起来，父亲也没有跟我享过多少福，因为那个时候我条件也不行。父亲最大的满足就是我发表作品以后，他在外头收集我在哪儿发表的作品，后来他周围的朋友、同事一旦发现报刊上有我的文章，就拿来给我父亲，他一高兴就开始喝酒，就讨酒来喝。

这是父亲晚年的时候唯一的精神支柱，完全靠儿子还能写东西，这是他很得意的一个东西，但生活上我确实没有给他更多的东西，包括生活上的照顾。

随着自己年龄增长阅历增加，也思考了好多东西，对社会的问题，对个人生命的问题，和以前的想法就不一样了。

以前写商州的作品，不管你怎么写，不管你写到揭露的东西、批判的东西，总的来说风格是清晰的，是明亮的，一切都是阳光的。这个时候自己对社会问题、家庭问题、个人问题、身体问题引起好多思考，对人的命运、人性各种复杂的东西，就有写作的思考。这种思考是以前很少有的，以前更多写写故事，这个时候就不满足于写那些东西。

写《浮躁》的时候，我前言里面专门说，我以后再不用这种办法来写小说，这种办法还是五十年代传下来的一种现实主义写法，全视角的写法，还有典型环境、典型人物的那种痕迹，我说一定要变化。但在哪儿变？当时自己也不知道。但总觉得不满意以前的，我得重新上路，重新开个路子，这就写到《废都》了。

我最早创作时，也写过好多城市的东西，乱七八糟都写过，从《商州初录》一直到《浮躁》这一段时期，基本上是返回故乡、返回商州的写法。又返回城市，开始写《废都》，就把自己生命中的好多痛苦、无奈、纠结，和当时社会上好多东西结合起来，完成了《废都》。

创作《废都》我有这样一个体会：反正是写作品，至于写哪方面，写什么东西，一定要写出来，当然你写的作品肯定是些故事，这个故事，这个人的具体境遇，他的命运，和这个时代、这个社会命运相契合的时候，就是交接的地方，把那个地方的故事写出来，就不是你个人的故事了，而是一个时代的、社会的故事。

后来我也常讲这个体会，这样你才可能把作品写得好一点。就像我在门口栽一朵花，本来我的目的是给自己看，我来闻它的香气。但是花开了以后,来来往往的路人从你门前过的时候,都看见了这朵花,都闻见了它的香气,这一朵花就不仅仅是你的,而是所有人的。

我还举个例子。比如坐车要到一个地方,这一个班车里面坐了好多人,大家都要到一个地方。按照一般规律,十二点的时候,司机就要停下车来到一个地方吃午饭,吃完午饭继续走。如果我在车上,十点钟的时候就喊司机你把车停下来,我要吃饭,我估计司机不会停车,满车的人都不同意停车去吃饭。只有到十二点了,你的饥饿感同时又是大家的饥饿感,司机才能把这个车停下来。如果仅仅是你个人的,或者你早上没吃饭,或者别的什么情况你肚子饥饿,你不是写大家的饥饿,只写你个人仅有的饥饿感,这个饥饿感是境界小的,写出的作品是境界小的,作品不可能写好的。你的饥饿感已经是大家的饥饿感,写出来的作品才能引起共鸣。

每个人都活在集体无意识里面,大家统一一个东西,你的作品一定要刺痛那些东西,才能把作品写好。所以在写《废都》的时候,当然我也不能说《废都》写得怎么样,当时确实是无意识地把自己的生命和这样一个社会时代交接起来,把发生的故事写出来,而且在这个过程中,思考包括写什么和怎么写的问题。

写什么,当然考验一个作家的胆识和智慧;怎么写,当然考验作家的技术问题。在《废都》里面写什么?写庄之蝶发生的一些故事,写的主要是他的苦闷,他的无聊,他的颓废,他好像雄心勃勃要拯救好多女的,反倒最后女的也没有拯救好,他把自己也拯救不了,就完蛋了。在写法上完全要突破《浮躁》的那种写法,还是原来学苏联文学,五十年代创作的路子,《废都》基本上不按那个路子,但具体怎么弄,慢慢实验吧。

一直到后来的《秦腔》和《古炉》,才慢慢走出一个清晰的写法,就是写生活,写细节,写日常,写普通人的一些活动,而不是原来要写一个英雄人物,写一个高大全的东西,必须突出一个大的东西。

创作永远都是自己做。别人给你的经验、给你的东西,只是受到一种启发,具体还得你自己来,就像往上上台阶一样。你站在第一层台阶的时候,根本不了解第三、第四台阶会发生什么,你只能站在第二台阶才能体会到第三台阶,站在第三台阶才能体会到第四台阶。你还在第一台阶上,别人给你说第五台阶的事情,你根本不知道,你也不关心这个事情。

我经常举例子,在瀑布下面用碗接水的时候,永远接不上水,只有在溪流里面,水龙头下面,你可能接一碗水。强大的思想,当你还没有达到同步的时候,就无法进入其中。

写《废都》时,其实是我最痛苦的时期,而且都不在城里写作,《废都》是流浪着写。先在一个水库上写,别人说有几个人在那儿守着水库,有一个灶,你可以在那儿吃,那儿清静,我就住在那儿。

那个地方偏僻，没有报纸，没有广播，只有一个电视，还是人家的，经常收不到信号，基本上没有任何娱乐。那个时候年轻，精力旺盛，我规定自己每天必须写十个小时，除了睡觉、吃饭、上厕所，满打满实实在在要写十个小时。基本上我四十天就拿出了初稿。

带着初稿跑到一个朋友家，这时已经完成了百分之八九十，只要谁给我管饭，我就继续写。

作品写完以后，一出来，前半年可以说是好评如潮，都说特别好，才过了半年，就全部开始批判，开始禁止了。

禁止以后一片批判声，原来说好的不说好了，有些不发言了，有些就反过来说不好了。竟然又发生了冰与火的这种变化，想起我父亲被打成"历史反革命"那会儿家庭遇到的情况，感受到了人世间的世态炎凉，这个时候也能体会到这种巨大的反差。

当时身体极端不好，记得我的心脏就不行了。我住到一个医学院附属医院，有一个干部病房，住进去以后，发现几乎每一个病房里的老干部都在看《废都》。那个时候《废都》疯狂到你无法想象那个情况，外头盗版也乱，到处都在卖《废都》，病房人人都有，都能看到，都在议论。突然知道我也在那儿住着，那议论纷纷的，我是住不成的。当时我化名叫龙安，因为我属龙的，希望能在那儿安生一点，实际还不安生。我就不住院了，和朋友到四川绵阳躲起来了。

当时绵阳师专楼下面是一个报栏，每天我下来看报栏，差不多两三天就有批判文章出现。有时候不看报栏，到河边去，在河堤上走走，突然风吹过来一张破报纸，我捡起来想坐在上面，一看报纸上还是批判文章。大多数是骂你、攻击你，说的话特别尖刻难听。

　　经历我第一次受到批评，父亲来看我的时候还特别担心，觉得我特别委屈，到后来经历的争议多了，尤其经过《废都》，反倒不是特别强烈的反抗，或者强烈的委屈反倒没有。随着年龄的增长，遇到的事情多了以后，也无所谓了。

　　但你不可否认的是，《废都》给我带来的阴影、产生的影响一直持续了十二年，里面的苦楚只有我自己知道。有些话我也不能对别人说，但只有自己知道。不说生活受到的影响，不说工作受到的影响，就从文学来讲，也有好多好多影响。

　　《废都》之后我紧接着写了《白夜》。《白夜》可以说是《废都》的姊妹篇，出版的时候，《废都》正遭受批判，没有一个人给《白夜》说过一句话，这种情况一直延续了十来年，反正好事肯定没有我，我也没有想着有什么好事。

　　《废都》在法国获得费米娜文学奖以后，在国内没有宣传报道，只有一家小报登了短短两句话，说贾平凹的一部长篇小说在法国获奖，获得法国三大文学奖之一的费米娜文学奖，都没敢提《废都》。《废都》给我带来的东西，对我的生命和文学产生的影响是特别大的。

人有命运，书也有命运，《废都》的命运就是这种，好像一个人遇到了大坎，要判刑坐狱一样。它的传播后来完全靠盗版。盗版对每一个作家来讲都特别反对特别反感，对作家对读者都是一种伤害，但具体到《废都》，你还得感谢盗版，若没有盗版，《废都》延续不下去。

那十来年，凡是别人来我家里请我签字，都签《废都》。我一看不是原版的，就留下一本，我不是到社会上去收集，而是在家里守株待兔，现在我家里有六十多种《废都》的盗版本，有精装的，还有一部分书是给《废都》写续集的，光写后续的有三四本，人物、地点都一样，把故事继续写，反正挺有意思的。而且好多老板来给我讲，他怎么发财，当年就是卖书，卖盗版书挣的第一桶金，然后开始做生意，生意做大了，来感谢我。我说你来感谢我，你不知道我当年遭多大的罪。

经常有人问，哪部作品是你最爱的？我说没有最爱的，因为所有作品就像孩子一样，都可爱，我在写它的时候，都盼着它是世界上最能干的孩子、最漂亮的孩子，但长大后它不一定是那个样儿，所以不管它长得丑还是漂亮，都是我的孩子，对于我来讲都是喜欢的。但是相比起来，有些是重要作品，有些是不重要的作品。

什么叫重要作品？就是在走一条路的时候，拐弯的路边长的那棵树，或者是那块石碑，它给你记录这个拐弯，有的作品就像这棵树一样，它在创作道路上起了关键的作用。从这个角度讲，《废都》应该是重要的作品。从那以后，我的创作不说内容了，就写法上发生变化，而且写法变化以后，一旦走出去是走不回的。

你现在让我写《浮躁》以前的那种作品，很清晰，很阳光，很明亮，但是同样也比较轻浅的一些东西，我就不会写了，就写不了了。就像生命一样，当我活到五六十岁的时候，我就无法再享受到二十、三十、四十岁的青春，我只有在照片上才能看到当年的模样。具体的我好像没有变化，而实际上在不停地变化，只有突然拿出十年、二十年前的照片，才看到你原来还年轻过。

后面的作品就像年龄一样，把好多东西看透了，阅历增厚了，就像文物一样包浆，它就浑厚了，不是原来那么简单那么明亮的东西，现在是浑浊的，或者是厚实的、浑厚的东西多了。

以现在我的想法，我喜欢自己后期的作品。后期的作品都是在我的生命中、在我的生活中体会到的东西，实际是我自己体会的。而好多人喜欢我早期的作品，当然更多年轻人喜欢早期的作品，早期作品优美，清新，有好多很漂亮的句子，读过去以后可以用笔做笔记，但那些作品太轻浅，好多是我看到、听到、读到一个什么东西，反射过来启发我写出来的东西，而不像后来的作品，完全是在生命和生活中，自己体会到的东西，才把它写出来。

或许是年龄大了以后想法不一样，对世事的看法就不一样了。现在人写作品，尤其年龄大的写作品，读者不光看你的故事，不光看你里面的思考，还会看其中你对生活的智慧问题，生命的智慧问题，你要把那些东西写进去，作品才能产生一种厚实感、丰富感，而不单纯是一个故事，或者你是批判谁，歌颂谁，或者你怎么样，那都太简单。应该包容，应该更丰富，有各种智慧的东西积累在里面。

二〇一八年

本文系作者与纪录片《文学故乡》导演张同道的对谈

汉罐

　　每当我参加了一次活动,或者是应酬了一场人事,回到家里,脾气就非常地暴躁,弹嫌饭菜的不好,指责孩子的顽皮,老婆就说:怎么啦,又怎么啦?!我不愿意和她吵,钻进书房关起门,窝在那张椅子上半天再不起来。

　　又是一个下午,天还不见晴,书看不进去,文章也懒得写一个字。坏心情已经有半个多月了,眼睛赤红,连口角都烂了。心情坏得莫名其妙,似乎是为一件事焦心,似乎是要等待一个人的消息,似乎又是怨恨和害怕。

　　排解这种坏心情往日就要写写文章,今日却不知道怎么去写,就提了毛笔作这张画。画作得出奇地快,连我都惊讶了。常说女人多愁善感,男人其实更甚,想我已经近五十岁的人,越来越对神灵敬畏,对定数神秘,感到一种无法把握命运的可悲和恐惧。

　　就在将画悬挂在墙上的时候,门被敲响,一个外县的熟人将一只汉代陶罐拖上楼来要换取我的书法。汉罐是巨大的,只能全部打开安全门才能搬进屋,但汉罐极粗糙,一处塌陷形成很大的坑。我取了一幅字给他,独自看着汉罐就苦笑了——在这个时候得到这样一个汉罐是一种天意吧。

夜里,我在汉罐上写了八个字:天下奇丑,旷世孤独。

二〇〇二年四月三十日

名人

世事真闹不明白,你忽然浪成了一个名人。

起初是你无意间做了一件事,或偶然说了一席话,你的三朋和四友对某一个人说了,正投合某人的情怀,他又说给另一个人,也恰投合,再说给别人去;中国的长舌妇和长舌男并不仅仅热心身边的私事,他们在厕所里也常常争论联合国是一个国家还是一座大楼,于是一传十、十传百,都以自己的情怀加工修改,众口由此成碑。再循环过来,传到你的三朋和四友耳中,他们似乎觉得这源于他们之口,但又不全是源于他们,不信便觉得这么多人都信那就有信的道理,遂也就信。末了又反馈到你,"我真是这样吗?"你怀疑了,开始向崇尚你的人解释,可越解释你越"谦虚",谦虚恰好是名人的风度,你最后不得不考虑,你是没有认识到你的价值吗?

"哦,我还真行!"这样,你就完全是名人了。

你现在明白"造就"的厉害吧？你娘生你时她并没有给你起个响亮的名字，血辣辣的孩子堕在草炕，门后的鸡正下了蛋，红着冠嘎嘎直叫，你娘在这叫声中想起一个字做了你的名儿，这名儿连你在上学时老师一念点名册，你就脸红。三年前去游大雁塔，人都在塔身上刻字留名，你呢，一是塔身被刻写得没有地方，二是你也羞于将自己名字刻写上去遭人奚落，但你总得留个名吧，名字就刻写在那个狗熊形的垃圾桶上。

可现在，你用不着请客送礼，用不着卧薪尝胆，也用不着脱光衣服跑上大街或拿一颗炸弹当众爆炸，你就出名了。

你成了名人，你的一切都令人刮目相看。你本来是很丑的，但总有人在你的丑貌里寻出美的部分。比如你的眼睛没有双眼皮，缺乏光彩，总是灰浊，而"单眼皮是人类进化的特征呀"，灰浊是你熬夜的结果呀！那些风流女子的眼睛漂亮吗？那么把它剜下来放在桌上，谁还能分得清是人目还是猪眼？于是你又有了通宵工作的佳话，甚至还会有那长河中的轮船以你那长夜不熄的窗灯做航示灯的故事。

你实在是邋遢，头发乱如茅草，胡子不刮，衣服发皱，但现在你是名人，名人的不修边幅是另一种的潇洒呀！最遗憾的是你个子太矮，若是别人，任何征婚启事都永远没有你"二等残废"的应征可能，但因为你是名人，相书上不是有破相者大相之说法吗？总之，名人怎么能用一般人的标准去套用呢？

你丑而大象无形,你口拙而大音希声,你吝啬而大盈若冲。你不喜食肉,自称"草食动物",因而素食营养最高的理论产生致使许多人形如饿鬼,你在闷热的夏夜卷席到街道去睡,四周高楼的居民纷纷离楼,传出"要地震"的噩讯。

你的成名为你增加了灵光,且越来越发挥了社会的作用。

住家附近常常闻到狗吠,居委会主任给公安局写信,要求居民签名,你是最后一个签的,但你的名字却排在了第一名。

单位所在那条巷的公共厕所坏了,单位起草给公用事业局的报告里,也是以你为第一事例,说你如此的名人,一日十次的大小解,每每手里都提一块砖垫那臭水肆流的地板。你已经有了许多头衔,尤其是名目繁多的学会的顾问,什么会都请你,在主持人提高了声调介绍后的一片掌声里你得慌乱地讲几句话。

所以你的好友和你开玩笑,一页的来信里总要半页写满你的头衔,称作"名人先生"。更多的是有人生了儿子要你起名,有人丧父要你写碑文,你的案头上得永远放一本《新华字典》。

你的字恶劣不堪,但你的字被裱糊了高悬于相当多的人家的正堂上。你根本不会写文章,却有写书的人求你作序(其实你常常只在写书人自写的序文后写上你的大名就罢了)。远在千里的你的家乡人,闻讯而来缠你办事,大到来告状来买汽车来调动工作来要超生指标,小到来治鸡眼来要结识某人来看戏来住旅社来配眼镜,以为你什么人都认识,你一句话值千金,顶一张公文,顶

232

一枚政府图章,你说你不认识这些部门,"可你说出你的名来,天下谁人不识君呢?"

在多少多少人的眼里,你活得多荣光自在,有多少女子恨不能在你未结婚前结识你而长生相伴,也有多少女子希望能得到你婚后的一份青睐而终身不嫁相思到老。但是,你跟我说,你活得太累,你已经是名第一,人第二。我慢慢对你的话理解了。你曾经在公共汽车上听见旁边有人正谈论你,立即有一个人拍着腔子说你是他的好得没了反正的朋友,说你酒量如海,小腿腹有一片肉能大颗出汗,所以你大喝而不醉,说你下巴上有一个痣,痣上有三根毛。但你不认识他,他也不认识你,甚至还拍着你的肩头说:"你不相信? 也难怪,名人的事情你怎么会理解呢?"

你去医院看病,划价的是一个美艳的少妇,她看了你的处方单惊叫着你就是名人×××?! 你说是的。她把头从极小的窗口里探出来看你,看你的脚,看你的头,看得你不知所措。少妇说:"你真是名人×××?"

你不好意思了,她却以为你心虚,"不可能,名人×××怎么会是你这样呢? 他是多高大的块头,风度不凡,出口成章,怎么会是你呢?!"你被怀疑是同名同姓或者是冒名顶替,你成了骗子,有了糟践名人形象的罪恶而被愤怒的人群殴打。你只好说:"我不是×××,再不敢了!"众人饶了你,吼一声:"滚!"你滚了。

当你在正式的场合被认定就是名人×××了,你总被许多人

233

围住照相,照了一张又一张,换了一人又一人,你得始终站在那里,你成了风景、道具、装饰物。你记不清你到底照过多少照片,但寄给你的寥寥无几。当你去旅游点看见那些披了彩带的马被男男女女骑上去留影时,你说你前世就是这马变的,这马将来转世,也会是名人。

我亲身经历了一次与你同去一个集会场面,几百人围上去让你签名,你的面前竖满了持日记本的手的森林,你的身子随着人的海潮而波动不已,你无法写字,而外边的人还在挤,结果人群大乱,胡抓一气,最后谁也分不清哪个是签名的人了。我急得大叫,害怕你像纸片一样被撕碎,幸亏你终于爬出来了,你是从人群的腿缝下爬出来的,一爬出没有再看一眼那一堆还在拥挤拼抢的人,就逃去了厕所。也就在那一次,你的西服领口破了,眼镜丢了一条腿儿,扣子少了三颗。

你不止一次地向我抱怨,说你家的茶叶最费,因为来客不断,沏一壶茶喝不了几口,再来人再沏新茶,茶叶十分之八是糟蹋了。烟更是飘雪花似的发散,别人家的排气扇装在厨房,你家却装在会客室,但墙还是被熏黄,花还是被呛死。

再敲门你想躲着不开,来客却要守在门口,估摸你总得回家吧,你只好在屋里不能走动,不能咳嗽,索性还是把门打开了。

你的自行车很旧,你喜欢骑这样的车子,随地可放,不怕贼偷,可你经过十字路口时被交警拦住了,他朝你走来,你紧张了,分辩说你没有违反交规,交警却咔地向你行礼,说:"×××先生,很荣幸你走我管理的路口!"你一场虚惊,甚至觉得他在恶作剧,但这张脸是那样真诚。他突然看见你的车子而惊叫:"你怎么骑这样的车子呢?"立即招手拦住一辆面包车,连人带车把你捎走了。

甚至你突然收到法院的传票,不去吧,法律是严肃的,你害怕那警车到来;去吧,犯了什么罪呢? 你忐忑不安了。一进法院,接待你的人激动不已,视你为座上客,说:"我们想见见你,你是名人,平时我们是不容易见到的,只好用这种方法了,望你原谅!"你原谅了,你能不原谅吗?

外边开始在议论你的私事了,包括你的爱人,你的孩子,你的身体状况饮食嗜好作息时间,如此发展,就说到你有了情人,有了除现妻之外的前妻和预备的将来的后妻,这竟使十几年未见面的一位朋友来见到你的妻子说起你有多少风流韵事时,诚恳地安慰道:"其实这有什么呢,你不必伤心,名人都是这样嘛!"使你的妻子哭不得笑不得,无法对他说话。闲话让他说去吧,可闲话一多就成了事实。你托人去街道办事处为孩子办独生子女证,办事员看见了你的大名,为难了,说:"哦,是咱们名人的孩子,这孩子长得一定漂亮了! 我个人是完全愿意为名人办事的,但计划生育是国策,他和前妻有过孩子,这个虽是续妻生的,却不能算独生子女啊!"你天大的冤枉,只好让单位出证明,说你是名人,可还没有那么快就换了班子呀!

唉,你就这么受名人的荣誉,也就这么受名人的苦处。

可是,又该怎么说呢,你不顾别人以名人对待你,你又毕竟意识到自己是名人而又处处以名人来限制自己。在公众场合,你不敢信口开河,在拥挤的小饭馆里,你不敢端了一碗面条圪蹴在墙角吃。

你不能在买菜时与小贩高一声低一声地讨价还价,你不能在街上看见秀色可餐的女子骑车经过时而斜看一眼。

社会要的是你的名,你也在为名活着!当你来到有人举办的关于搜集了你的签名和书法的展览馆门口而掏出和别人一样的价钱买门票时,我突然想象到如果哪一天,有人写了你的传记,电影在挑选演员,你如果也去应选,结果会怎样呢?或许导演会看中你的相貌与名人×××相似而选中,可一定会因你演不好名人×××而被导演臭骂一顿轰出摄影棚。

你说,你简直受不了了,"我不要这个名,我要活人!"

你甚至想象到有一天你在人头攒动的场合走着走着,突然身子发生质变,变成泥塑木雕,永远停在那里供人去观赏和礼拜,而你的真人逃走多好!或者更简单,你获得了一件古代传说中的隐身衣……但这毕竟是想象呀,你只有不断地向前来使你不能安静的人说:"别把我当名人,我其实一文不值!"

是的,你一文不值,在你和你的妻子的吵闹中她不止十次地

236

这么对你吼过。她知道你是多么平凡的一个人,知道你哪颗牙上有着虫洞,哪只鞋子夹了趾头,还有痔疮,且三个外痔经常磨破,知道你有三天不刷牙的劣习,有吃饭时放屁的毛病。就是这样的一位妻子,你却是那样地感激她、热爱她,你在她的欢笑中耍娇,在她的叹息中计划米面油盐酱醋的开销,在她的唠叨不休的嘟囔中发怒。当每一个夜晚来临,你关了窗子,收了晾着的孩子的尿布,封了火炉,取了便盆,关门熄灯,将帽子大衣鞋子袜子和裤头一齐丢在沙发上然后溜进那个热烘烘的被窝去时,你说,我现在不是名人了,亲爱的……

十篇短信

一

　　盛夏人皮是破竹篓,出汗淋漓如漏。老母坐不住家,一日数次下楼去寻老太太们闲聊,倒不嫌热。我也以写书避暑。(坐桌前以唾液沾双乳上,便有凉风通体。此秘诀你可试试,不要与玩麻将者说。)写书宜写闲情书。能闲聊是真知己,闲情书易成美文。但母亲没喝水习惯,怕她上火,劝多喝水,她说口里不要,肚里也不要。我和妹妹都是能喝水的,来家的那些朋友,也无一不能喝。今早忽然醒悟,蹲机关的人上了班都是一支烟、一杯水、一张报的,母亲则是从来没有工作过!

二

来时不必带土产,有便车捎些西瓜给母亲即可。切切。我倒不信你能江郎才尽,瞧照片上,腰又大了一圈,那里边装什么?文坛上有人是晨鸡暮犬,他们出于职责,当可闻鸡而起,听吠安睡,有人则是老鼠磨牙,咬你的箱子磨他的牙罢了。前年你写那部书一成功,我就知道你要坏了人缘的,现在果然是,但麻将桌上连坐五庄,必然要得罪人,输家是有资格发脾气,也可以欠账,也可以骂人母。只担心你那口疮,治得如何?口要善待才是,除了吃饭,除了在领导面前说"是"外,将来那些人还要请你去谈创作经验啊!

三

因养了一盆郁金香,会开到一半我就溜了。听说×××颇有微词?我这屁股坐惯了书桌前的椅子,坐主席台上的椅子不自在。你几时来看花?美人不说话就是花,花一说话就是美人。

四

我当主编,忙的却是你们,几次想卸了这帽子,但卸不了,这也是不理事当不了官,能当大官不要理事。天这么热,办公室又没空调,不知买没买仁丹丸?我赶了半天写下这期"读稿人语",让小史捎去,再让捎去一盘五色冰淇淋。六块,一人三块。吃罢将盘子一定还我。

五

儿女小时可以打,如拍打衣服上的土;稍大了就是皮球,越打蹦得越高。我大学毕了业,先父还踢我一脚,待到后来一日,他吸烟,也递我一支,我才知道我从此不挨打了。但有人说父子如兄弟、如同志,那倒又过分,因为儿女的秉性是永远不崇拜父母的。我女儿看三流电视剧也伤心落泪,读我的书却总认为是她看着我写的,不是真的。让她去吧,龙种或许生跳蚤,丑猪或许养麒麟,只需叮咛"吃喝嫖赌不能抽(大烟),坑蒙拐骗不能偷(东西)"就罢了。窑炉只管烧瓷罐,瓷罐到社会上去,你能管得着去做油罐还是尿罐?

老江说组织一次南山游的,又不见了动静,如果南山去不成,三月十五日午时去豪门菜馆吃海鲜,我做东。

六

空气装在皮圈里即为轮胎,我如果能手一抓就一把风,掷去砸人,先砸倒那姓曹的!盛世的皇帝寿命都高,因为他为国人谋福利。损人利己者则如通缉的逃犯,惶惶不可终日,岂能身体安康?发不义之财,若不做慈善业消耗,如人只吃饭而不长肛门,终有一日自己把自己憋死。

七

那只鳖不能让山兄去放生,他会放生到他的肚腹去。

不要嫌老婆脸黑,黑是黑,是本色,将来生子,还能卖好价钱的面粉。那日到×校开会,去了那么多作家,主持人要我站起来让学生们看看,我站起来躬腰点头,掌声雷动,主持人又说:同学们这么欢迎你,你站起来么!我说我是站起来的呀!主持人说:噢,你个子低。掌声更是雷动。我不嫌我个头矮,人不是白菜,大了好卖。做人不要心存自己是女人或是男人,也不必心存自己丑或自己美,一存心就坏了事。以貌取人者是奴才,与小奴才有什么计较?

八

我要闭门写作呀，有事三十天后见。若有人寻到你打问我的行踪，只说我自杀了。记住，是安乐死，不是上吊，上吊吐舌头形象不佳。

九

能让别人利用，也是好事。研究《红楼梦》可以当博士，画钟馗可以避鬼，给当官的当秘书可以自己当官。藤蔓多正因着你是乔木。无山不起云，起云山显得更高，若你周围没那些蝇营之辈，你又会是何等面目？朋友都是走了的好。今夜月光满地，刚才开窗我还以为巷口的下水道又堵塞，是水漫淹，就想你若踏水来访多好！我可教你作曲解烦。作曲并不难，"言之不尽歌咏之"，曲就是把说不尽的话从心里起便放慢音节哼出来，记下便可了，如记不下，旁边放录音机来录。学那钢琴就非一月半月能操作，且十个指头，怎能按得住那么多个键呢？

十

买书不要买豪华本，豪华本的书那是卖给不读书的人的。读书也不必只读纸做的书，山水可以读，云雨可以读，官场可以读，商界可以读。赌徒和妓女也都是书。只在家读书，读了书还是读书，无异于整日喝酒、打牌和吸烟土，于社会、家人有什么好处？

得空来吃茶，我前日得明前茶一罐。

平凹作画记

序

在年纪不老的作家里,我自诩我的毛笔字可入书品。但我确实没有临过帖,用钢笔写稿写得多了,随时又爱读一些碑,别人要我在宣纸上写,就写出来了。原本是一场玩事,所以从不为难他人的求索,给他写字不正好是练我的书法吗？差不多是求我一幅字的总事先拿数张纸来,剩下的便白落,竟落下了几大捆的便宜。有一日突发奇想:有这么多纸,何不也作些画呢？见过一些画家是将墨大泼大涂的,于是也泼,也涂,怪畅美的。刚画毕,恰好来了一位搞美术理论的先生,瞧我一嘴唇墨,问我干什么了。我说作画了。小时候在寺庙里看过画匠骑在木架上画檐头,时不时将笔在口里蘸唾沫,多半我作画时也这么不自觉地模仿了,就擦着嘴说:"小娃的屁股画家的嘴。"当画家就要敢不卫生呀! 先生说要看画,看,一拳却把我击倒了,大叫你小子是鬼魂附体! 我可怜地说:"我可从没受过训练,压根儿不懂技法。"意思是别以高标准来要求我。先生倒严肃起来,讲了许多使我也吃惊的好话,我瞧他不是在戏弄我,我来劲了,我是个见不得鼓动的人,一时得意叫道:那我就画呀! ——就画起来了。

我真是有无知无畏的秉性。

说老实的,我可不想做个画家,纯乎一种取乐的方式,没想后来更有了一层好处。我家来客过多,尤其晚上,常是小屋坐那么三位四位,宏谈滔滔,我很烦,又不能黑了脸赶人家,作起画就可以既不失礼又可平心,你若要走,说一句"啊,你慢走",阿弥陀佛,你不走就待着看我作画,我反正要两不误的。

初冬到现在画下了三十余幅,也是有生以来三十余幅作品。画一幅,觉得还满意就编号,编了号的画是决意不送人的。不知这兴趣还有多久,也不知还要画出多少幅,我想天要我画多少就画多少,我才不受硬要画的累呢。

一 《唐僧取经》

画唐僧是一只很凶的虎,虎背上驮着一尊睡佛,这可能要遭佛门人骂,但我佛慈悲,佛是不会怪罪的。读《西游记》,我理解的唐僧是一分为四的,也就是说四而合一,孙悟空、猪八戒、沙和尚只是作为唐僧的另三个侧面。取经行走了那么多地方,遇到了那么多魔怪,应该说,唐僧是凶猛者。由此想到,凶的东西,则可开辟一个新的世界,而美好的东西如佛,则只能在开辟了新的世界后,来平和与安详这个新的世界。

此画作于深夜,屋里还待着三个来访人,画完后见其中一人亲自又要沏一壶新茶来喝,我说:"为不浪费茶,再喝一杯你们走吧,今日我困欠!"又打了一个哈欠。第一次平静了脸赶客,觉得自己也有了虎气。人一走,满室清静,叼根烟欣赏我画,欣赏半小时,我也成佛了。

二 《武松杀嫂》

要我说,武松是这样杀的嫂:

潘金莲,淫荡妇,你既是嫁给了武家,怎狠心就同奸夫害我哥哥?!武大无能却有武二,我岂能饶了你这贱人!今日你睁眼看看,这把钢刀白的要进去,红的要出来,割你的头祭我哥哥,我还要戳了你的胸腹掏出心来,瞧瞧天下的女人心是怎么个黑法。

她怎么不声不吭并没吓软?贱雌儿竟换上了娇艳鲜服,别戴着颤巍巍一朵玫瑰,仄靠了被子在床上仰展了。哎呀,她眼像流星一般闪着光,发如乌云,凝聚床头,那粉红薄纱衫儿不系领扣,

246

且鼓凸了奶子乍猛得老高。以前她是嫂嫂,不能久看,如今刀口之下,她果真美艳绝伦,天底下有这样的佳人,真是上帝和魔鬼的杰作了!天啊,她这是临死之前要集中展现一次美吗?

啊,这么美的尤物,我怎么就要杀了她呢?她是害死我哥哥,哥哥实在是与她不般配,一朵花插在牛粪上,她是委屈了。武松若不是武二,武二若没有个太矮的哥哥,我也会是同情这女人的,也会是不满意这门婚姻的,可武大毕竟是我的哥哥,一个奶头叼过的同胞,我哪能不维护亲生的兄长呢?哼,杀人者偿命,你就是九天玄女,是观音菩萨,武松若不杀你,武松算什么英雄武松?!

她笑了,无声而笑,不是冷笑,也不是苦笑,笑而摄魂。这女人,怎么我要杀她,她还以为这又是同那一个雪天她与我接风的酒桌上一样吧?这女人是对自己有过感情的,扪心而想,我何尝没有爱过她呢?现在我真的要杀了她吗?如果那一天我接受了她的爱,我也被爱所冲动,那我会怎么样呢?今日要杀的除了她难道没有我吗?正因为我武松是英雄,才避免了一场千古谴责的罪恶,可正是我成了英雄,才将她推到了西门庆的贼手?!

武松呀武松,你这是想到什么地方去了,现在哥哥的灵前,灵堂阴气凝重,哥哥屈死的灵魂在呼唤着你来申冤,你怎能就要饶了狠毒角色?是的,你个潘金莲,就是不爱我的哥哥,你可以再嫁他人,嫁谁都可以,却偏偏是同那个泼皮西门庆?同了西门庆也还可以,竟合谋害了哥哥性命,我武松放过了你,别人又会怎样议

247

论我呀！一顶绿帽子戴给了哥哥,也戴给了景阳冈的英雄。或许更有人说武松不杀嫂,是嫂曾经爱过武松,我一场英雄会在人们眼中是个什么形象呢?

杀吧,杀吧,潘金莲,武松真格要杀你了!

刀怎么提不起来,这般重呀?那么一刀,一代美色就灭绝了吗?世上少了潘金莲,多少人为之丧气了,我武松是不是心太硬了?哥哥,哥哥,我该怎么办呢,我已杀了西门庆,咱就放了这个尤种吧?

咳,咳,这是个景阳冈的老虎就好了。

罢了,罢了,由她去吧。可是可是,我不杀她,她能老老实实在武家守节吗?她一定又要另嫁他门,或许又会与别的不三不四的恶徒勾搭,那么鲜活的小兽与其让他人猎去,还不如我武松杀了她。杀了她,看着殷红的血怎样染红白瓷般的胸脯,看着她睁开了杏眼在咽气前的痉挛,岂不是更使人刺激吗?我不能成全她爱我,却可以让她死在所爱的人的刀下,不是于她也于我都是一场最合适的解脱办法吗?好了,好了,潘金莲,那我就这么杀你了!

于是,武松就把潘金莲杀了。

三 《贵妃赏蝶》

　　杨贵妃已经被文人墨客描叙得太多了，我也爱这个女人。因为爱着她，就不忍心读她死于马嵬坡的故事，相信着东渡了日本的传说，以至对胖胖的东西都有感情，甚至一次在大街上碰见行刑前的游行车上押着一个天生丽质的女子就伤悲了几日。可是，我怎么也没想到，当我画出了贵妃的上半身，正待画她的下半身，口中叼着的烟头掉下来，一时拂不去，竟将宣纸烧出难看的洞来。妈的，我骂我，索性拿打火机要焚了这张宣纸，以宣纸充冥钱送给她了。看着宣纸燃到仅剩下杨贵妃上半身的多半时，我瞧见火光中的贵妃似乎要活起来，一派富贵中的深沉的忧愁，忙就趴过去，用身子压灭了火。这就是我的贵妃。

　　女人的作用就是给世上贡献美的，我总这样认为的，女人的悲剧也就是太美了。杨玉环正是如此才成了唐代的国母，国母正是如此也才被勒死在马嵬坡。如今我画贵妃原本要让她养尊处优地赏蝶，天意竟还让她残缺。残缺的美更美，我永远也忘不了我的这幅画。

四 《石鲁》

生活在西安,又要作画,总就想到那个石鲁。石鲁的艺术在石鲁疯了以后更进入大的境界,这使我独坐了常寻思:在那样个文艺差不多有着僵壳的时期,石鲁的成功在于他有了异于别人的思维吗?! 我很羡慕有这种思维,但我不愿以疯来建构,更恐惧思维"疯"的产生背景。眼下气功时兴,我求拜过许多气功师,要给我开慧眼,看鬼,看神,看别人看不到的世界情形,以来突破我的写作。可悲惨的是气功师都拒绝了,这倒令我怀疑了这些气功师,他们或者胡说,或者他们的功法太浅。

于是我又想,或许石鲁并没有疯,因为他感应自然、体验生命的思维与当时社会不同,众人看他才疯了,疯的其实是认为他疯了的人。

五 《景阳冈之后》

时下,到处都在崇尚男子汉气派,文学艺术作品里凡是要歌颂的人物,胸口都要贴上一些胸毛。但在中国古典文学艺术中,男人的形象可分两类,一是白脸,包括那个刘备、贾宝玉和所有戏曲的小生;一是黑脸。白脸的皆阴柔虚涵,予以张扬;黑脸的则往往刚烈,视为鲁莽之徒。

这个晚上不知怎么就想起了为武松作画。

武松在景阳冈上敢打虎,面对嫂嫂能杀淫妇,如果武松在今日,胸毛是够茂密了,或许会做出更惊天泣地的业绩来的。但古时的标准为他定了性,梁山泊的头把、二把交椅轮不到他,只能是个将领而已,所以上了梁山,他的贡献就十分之小了。

但武松当然还是英雄,我就要画出个英雄来。画毕,有一远路朋友来,却以为武松模样窝囊了:戴了颈枷,瑟瑟作抖,虽然以你的名章按在额上做罪犯烙印而构思奇妙。我说,英雄也是血肉长的,对死谁个不恐惧,面临失败和委屈谁个不沮丧,愈是这样活下去,才愈是英雄! 我们的现代意识里,以为男子汉一昧阳刚,让他不爱生命,如归一般地死,那么,鼓励一个人连自己的生命都不爱,他还能爱别的什么吗? 再者,不画英雄万众欢呼,画一个英雄落难,使我们懂得人生的艰辛了就更爱英雄,而不是以为英雄是轻而易举的风光的事体而许多人去做荒诞的梦。

六 《鬼才李贺》

我喜欢那个李贺,却不明白怎么世人就称他是鬼才,有了非凡的才能只能归之于鬼的作用吗? 细读他的诗,除了大写阴阳之事外,他的思维是与一般人不同的。记得数年前见到大作家汪曾祺先生，他说李贺是黑纸上写白字，先生的话使我顿开茅塞。今日为李贺造像，当然是一团黑气涌涌而来，他是没地位之人，家境贫寒，潜心了艺术可能人缘不会好，过早地就驼了背，眉眼就画在黑团之中吧，那头寻诗所骑的毛驴却是极瘦极瘦的了。年轻时爱读蒲松龄的狐狸精，盼不得夜深人静有个女子破窗而入，今画李贺，我还是不怕鬼，爱鬼，则更希望能得些李贺的鬼气以匡正我的思维定式。

七 《百年孤独》

读了马尔克斯的书，就永远记住了"百年孤独"四个字，但我没有以此而冲动着作画。一九九一年一月六日，得知台湾作家三毛自杀消息，心中无限痛惜。世人对三毛之死的原因猜测纷纷，我认为她死于天才的孤独。大凡世界上进入了大境界的人都是孤独的。夜幕降临，寒星闪烁，立于高楼凉台仰天悲怆，返回画案作下此画。树是枯桩形，人是老井状，一个不以红花繁叶热闹炫世，一个风吹不走、日晒不干的深茂虚涵。用不着再在画面上行文题字了，用不着的。

一九九一年一月二十四日午

252

玩物铭

序

　　我不是一个收藏家,也反感那些收者藏者:或迷醉得变态异化;或蝇营逐利,以聚钱财;或装饰门面,以显高雅。我的那些东西,纯系玩儿的,值钱的不一定就陈列在文博柜里,不值钱的也不一定胡掷乱扔。它们作用于我,完全是玩赏的。古人曰:玩物丧志。我也时常在检点我的堕落,但我确实没有。且慢慢悟到一些道理:玩风筝的是得不到心身自由的一种宣泄吧,玩猫的是寂寞孤独的一种慰藉吧,玩花的是年老力衰而对性的一种崇拜补充吧。我在我的书房里塞满这些玩物,便旨在创造一个心绪愉快的环境,而让我少一点俗气,多点艺术灵感。为什么不去写重大题材的"严肃"的作品而为玩物志铭呢? 这或许是害怕来客翻动这些东西而表示反对的声明，也或许是为家人所写，因为家人总以房间杂乱而几次将这些东西扔进过垃圾箱，也或许是弄文的人的无聊了。

一　汉罐

这确实是个汉罐，陶质的，高二十七厘米，长颈胖肚，肚的上部有一圈图案，似麒麟又非麒麟，据说是龙的子孙的一种，但名字我还未查出。

七八年前的时候，一位女子与我关系尚好，她去关中乾县下乡，回来与我谈乡间生活，说，那里修"大寨田"挖了许多墓，墓里有无数的罐，农民将完整的带回做了尿盆，破坏的大片苫了院墙头，小片的就堆在茅房角供拉屎后揩屁眼儿（揩过屁眼儿的肮脏罐片，经雨淋后又复干净，再可揩用，以至长此以往，这罐片就老堆在茅房角）。当时，城里还没有重视地下文物的风气，乡下更不知这瓦罐的好处，且关中黄土之下埋有十三个帝王墓陵，王公贵戚的坟丘更不计其数，随时老牛拉犁就会翻出一些古时的东西来。这种不稀也便不罕的现象，如同在海南一带，谁还觉得橘子、香蕉是老年病人和幼儿才能享受的仙品呢？我那时也不知它的价值，只想象其本质本色的一定好玩，就说："你再去，拣一个完整的给我抱回来。"她果然就抱回一个了。

罐子从此就一直放在我的书架上。

有一位识货的人到我这里，要我给他写一幅字。我说我的字不好，只要肯要就写吧。他很高兴，说定要裱的，要珍藏的，末了要走时，却叮咛我："你得好好写文章啊，将来一定要当个大作家！"我说："我是卖文换烟抽的，或许明日就搁笔了。"他严肃地说："那怎么行？那我收藏你的字分文也不值了！"我好生气。就在他出门的时候，突然往我书房一望，看见了这瓦罐，他眼光就直了，叫道："哈，你有汉罐！哪儿弄到的？这可是值钱东西啊！要是地震，你什么家具也不要抢，抢这个罐子什么都有了。有机会到香港去，你瞧着吧，房子、财产、靓女……"我把他推出门，心里说："我刚才给你写的那幅字权当上大街让小偷窃去了五角钱！"

也从那次起，我知道了我的瓦罐是个汉货。汉代距今是古远的了，它确确实实是件文物啊。夜深人静，一个人伏案写作，很熬煎了，就常常看着这罐，不知怎么，它就给我种力的感悟，当有人送给我一个景泰蓝也放在那儿，这种感悟就十分强烈。它简拙而大度，景泰蓝于它太小气，三彩马于它太华贵，以至后来到霍去病的墓前看了石雕，我是认识了什么是汉代，也认识到民族文学艺术的精华是汉而不是唐，也多少怀疑起今人强调"时代精神"，而时代精神并不是强调所致，恰是一种自然而然的文化现象啊。也应该说，我的文章也是以这瓦罐而由阴柔纤巧渐变为古拙旷达了。

但遗憾的是,那位曾经与我关系友好的女子,因为别人的一篇特写的文章而与我反目起来。那特写里曾涉及这个瓦罐,她断然否认了,且说了许多难听的话,干了许多伤情的事,甚至要控告我到法庭。我一直在沉默,忍受这种人心变异的痛苦,也准备到了法庭上示出这瓦罐的证据。这却使我十分作难,人去物在,这瓦罐已与我有深厚感情啊,万一在法庭上以它示证,那女子竟要物归原主如何是好?故我打消了示证的念头,宁愿承受一切法律制裁了。

二 绥州拓片

山环水匝古绥州,一片晴空碧树秋,□□□□□□落,寒炯淡月当悠悠,彳亍西塞挂节龙,半灯明处横远峰……五百年前乘鹤到,文屏依旧白云封。

这是一面石刻,我看到的时候,是在绥德古城文化馆的展室里。前几年,碑子就已经破裂成三块,还一直在一座倒塌的庙宇泥土中埋着,偶尔农民拉土挖了出来,才发现是一面失落已久而多年搜寻的珍品。

碑文字迹寥寥,为明朝大书法家张三丰所写。张氏,世称仙人,一生放荡不羁,多留题咏于名山胜迹,曾漫游至绥州,路经天宁寺山门楼壁,一时书兴大发,便题此二截句于楼墙之西。据说当时无笔无墨,仙人随地拾起一片西瓜皮,信手写来。故笔锋没有毫墨圆润,但字态生动,意境深远,每字刚强洒脱,全句布局得当,今观之情随字出,笔笔令人赞绝。多少后人学者临摹,要不笔画滞涩,要不布局失例,虽有相似者,其势其韵相去甚远矣。

鸡年七月三十日,我去绥德,一见此碑,愈看愈醉,不可移步,便拓片而成,带回置于书房。然而深为遗憾的是第三句字迹失落,不曾拓出,哀叹长年失落没人修复,使这珍品不能复还原状了。

后,于书房揣玩,发觉碑文下方,有一片幽幽字迹,因极小又模糊不清,一直未能细辨。经多日考究,方知是立碑论文。原来此碑竟还有一段来历。立碑记上写道:

天宁寺门楼建于乾隆十三年,于今不过二十余年,且寺近城郭,游人累累,不闻有见之者。癸未仲夏予尝登斯楼而观剧,亦未听之或睹也。丙戌北上后即客游吴楚六七载,其间尝一归省,犹无谈及者,辛卯春复自南而北与同乡人同集燕台,酒阑夜话,始闻其略,余心奇之而来,未能目击为憾。昨岁潦倒归里,几急急忘之。今春友人招饮寺中,乃共登楼而快睹之,其诗词字法真仙笔也。但首章第三语已为漏痕侵蚀数字没……

读完碑记,方知此碑奇而又奇,许多思绪,久之想之,多少不解,又多少意会,又多少不能言出。感激这断句精美,实为绥州写照,亏得张仙人以瓜皮留下,又感激立碑人将这诗词字法摹勒,而永留于世。却也惆怅这诗词若不被张仙人字书,何以得之?这字书若无立碑人摹勒,何以得之?这石碑若无文化馆人发掘,何以得之?

又后,绥德文化馆一友到我书房,他学识渊博,对考古颇有研究,我们又谈起这石碑拓片。我提疑问道:"张三丰是明人,立碑记上讲,此天宁寺楼建于乾隆,那字怎么会写在西墙?"

友人说:"要不怎么是仙迹呢?它得仙于天,寄身于尘世,所以谁也不知此字写于何年何月。而立碑人所以购砾石勒于其上,是恐神物通灵,寻当破楼壁飞去,才摹而存之,以为山水之一助也。"

我说:"竟会破楼壁飞去?"

友人说:"可不就飞去了第三语!大凡杰人圣事,世上不可多得,稍不留意,或许就埋没,或许就糟蹋了,这如同你们作文的灵感一闪即逝啊!"

我说:"既要摹而存之,那第三语已为漏痕,何不拟而补之,岂不更好吗?"

友人说:"不然,西北东南天地且有缺陷,仙迹所遗得毋类是也。"

我觉得说得极是,深深感到自己浅薄了。遂在这拓片背面贴一纸条,上面书写了这一段对话,末了又写道:万世万物,既然能存在,必有赖以存在之价值。河中石片,有的可雕香炉,置于案头香火缭绕;有的则做茅房垫石,供肮脏臭气熏蒸。各有用处,用处不同,但不分高下,其本质都是一样呢。虽璞中有玉不纯,但无璞则玉无所依。满月为月,缺月亦为月。如果因玉在璞中而弃则便不可得玉,缺月而否定是月,则每月只有一夜明朗。如此推论,人为万物之首,为何不是如此呢?

三　铜镜

乙丑岁末,我回了三天老家。第一夜同村人拥火炉闲谈,问起本家的一个远房侄子状况,旁边人说:"那小子发了,该他走运的!"我说:"走什么运就发了?"回答说:"盖了三间房,够可以了吧!可偏偏挖房基时挖出一个银镜来,听说有三两半呢,这就值钱了。"我当时也很惊奇,说:"什么样,好玩吗?"那人说:"他不让外人看的,好多的银货贩子缠他呢。"

第二天一早,我就去侄子的新屋找他。新屋是造在小河桥的西头,坐北朝南,其时太阳才出,屋前的土场上一片光亮。这地方原是我家的饲料地,我在家的时候在上边耕种过七年。从未记忆过那里有什么坟茔,也曾翻过好深的土层,怎么他就会挖出银镜呢?我站在那里,瞧见他们的门还关着,正待叫喊,隔壁的一位嫂子说:"你要找××吗?昨日夜里,小两口吵到鸡叫,怕是乏了,要睡到中午才开门吧!"我只好耸耸肩走开,想下午再去看镜。

下午去,这侄子却出门了。他媳妇倒热情,但说起银镜一事,却全然推说不知。我明白她是怕我索去银镜,而又是本家不好要钱。我声明说:"我来看一看,若觉得好玩,我掏钱买,你要多少钱我给多少钱!"那媳妇就笑了,说:"是有这个东西,可××自个儿保存着。几个银匠和贩银货的来买,一两出三十三元的,我是不愿意卖的,得给孩子留个传家宝啊!"我笑了笑,也说:"那好吧,××回来了,就说我来过,让他到我家来一趟。"就走了。

直到晚上,××也没有来。

第二天清早,我耐不住又去找他,他刚刚起来,正端了尿盆往门前的一丛葱根上浇,老远就说:"昨儿半夜我才回来,我才说要去看你的!"我说:"你怕是不愿意让我看那银镜吧?"他说:"哪里,今儿原本带银镜去镇上的,说是你要看的,我就不去了。"他告诉我,他准备去镇上,是和一个银匠约好的。"你回来得真及时,要不就脱手了!"接着就朝屋里喊:"把那东西拿出来,让大大看看!"媳妇过会儿出来,手里拿着一个红布包。我打趣说:"昨儿你不是说××自个儿保存着吗?"媳妇很窘,但立即笑着说:"大大要作践我了!"红布包打开,里边果然是一块银镜,茶碗口大的,面上微微起凸,背后有一系绳的小疙瘩,围着小疙瘩有一图案,八角形,有四角为蝙蝠状,有四角一为"三",一为"主",一为"京",一为"王",不知所云。而正反两面除了绿锈外,银光闪闪,抚之腻如肤脂。我在古书上曾读过银镜一说,也知道古代战袍上的护心镜,遂大感兴趣,说:"卖给我吧,要什么价?"侄子很为难,先是不肯出售,后就说:"你真想要,你说呢?"我说银匠和贩银货的给多少,我比他们多十元怎样?侄子就同意了。

一手交钱,一手拿货,这银镜就装在我口袋里了。我问起是怎么发现的,他说他挖房基,一镢头下去,咣的一声,以为碰上石头了,再一挖,却挖出个罐子来。"罐子里有十五枚铜钱,还有这个银镜。别的什么都没有。"我忙问:"那个罐子呢?"他说:"乡政府一人说他养花没有盆,拿去养花了。""铜钱呢?""县文化馆一人买了去,一枚给了二角钱。"我连声叫苦,也暗暗庆幸这次回家回得是时候。

这银镜便挂在我书屋的东墙上。

一般来人,都喜欢观赏我的玩物的,初见这银镜都极感兴趣。很快外边说我得了一件宝贝,如何光可鉴人,如何价值连城。于是,我的张狂也就来了,一来客就指着夸显,又只能看不能动,然后大讲获得它的结果,竟说:这件文物若说是我买来的,不如说是它一直等待着我的。又以搞创作的虚构性描述这镜如何避邪,挂在墙上,犹如老家人的门框上嵌块玻璃一样,有半年未得病疾,夜里未做噩梦,文章也写得清丽了。

三个月后,一个文物鉴赏家突然到我家,说是欣赏欣赏那银镜的。正当我眉飞色舞讲述时,他大声说:"这是民国初年的铜镜!"我大惊,问何以见得?他说:"镜面生绿锈,这便是铜,只是镀以银色罢了,镜背面有螺旋纹,是机械加工痕迹。"我便用锥子狠戳银面,果然下面尽是黄色。

这镜当然还挂在书房墙上,但来了客我再不嚣张了。

四 古琵琶

我叫它古琵琶,其实是一块朽榆木根。我这么称呼着,已经使许多人信以为真。因为它太像一柄琵琶,即使还未装上丝弦,便叩它的任何一个部位,皆声响清脆,悠悠长韵。

丙寅年初,我周游至仙游寺,其山曲水曲之地,曲到极致,便形成了一块四分之三临水的孤岛,岛上就是仙游寺。寺院已废,唯有一塔上大下小,岌岌可危。据史载,唐白居易写《长恨歌》就在此处。我去后,临风抚塔,万端感慨,就踽踽踏沙滩而行,遥想当年悲歌一曲的情景,不想就碰着这朽榆木根了,遂大叫:琵琶!后就在村子里将所买的一袋红薯扔掉,把这琵琶带回来了。

琵琶在我的书房里,一直是平放在桌子上的。我曾设计过为它装三道丝弦,是六颗钉子拉三条铁丝,但后来又否定了,什么也不装,我叫它是无弦琴。这一年,我有许多困扰的烦恼,活得实在累了,星期天就邀一些文友来以茶代酒,听琴赏乐。酒不醉乐醉,乐不醉人醉,一直默坐半晌,皆说:好酒,好乐。妻进来笑骂:皇帝新衣,自欺欺人! 遂将无弦琴扔在地上。不想裂出一道缝来,竟从缝里掉下一块赭石,酷似心形。原是这琴把里嵌着一河石,我以前却未发现。自此这琴再也听不出什么韶乐来了,而石头则放在书架上,我起名为"心石"。

五　砚台

我有四个砚台,一个是洮砚,两个"活眼";一个是五台砚,牛形的;一个是蓝田砚;一个是大理砚。来人皆把玩不已,稍识书法的,不免磨墨试用。这个时候,我是默默示出一块砖砚的。这砖砚十分粗糙,无雕刻,亦无匣盒,砚池也是用刀子随意挖凿的。可来人都不肯用它,以为丑陋。我将墨在每一个砚台里磨了,待到饭后大家再作书时,别的砚台墨汁凝固,唯砖砚依然如故,才刮目相看这砖砚了。我说:"以形取物,这便是人的错误。也正是如此,这砚台才久经辗转到我手里啊!"

十年前,一个朋友见我爱字,便送给我这个砚台。说是其姨家的,姨父在世时用过,姨父死后,家人就弃在屋角的杂货筐里了。又二年,我同这位朋友去他的姨家,扯起砚台,姨母说,那砖砚是姨父到李家村下乡,瞧见是用着垫菜罐底的就拿回来了。李家村住有我一位亲戚,少时常在那村里玩,也大致知道早年村中出了一个私塾先生。在我的记忆中,依稀想起他的模样,个头很高,很瘦,有一撮淡黄的胡子,每一个春节,村人要拿上香烟托他写对联,写中堂,家有老人临终时,就背了二斗苞谷的褡裢去请他写铭旌。由此揣测,这砖砚一定是他家的了。果然前三年夏天,这亲戚到我处来,我问起那私塾先生,亲戚说,人早在"文化大革命"中死了,当时红卫兵抄家,抄走了好多砚台和书本,在他家门口当众砸毁和焚烧了。私塾先生无后人,死后房屋做了生产队公房,一些不值钱的小幺零碎也尽被村人拿光。想来,这砖砚肯定也是私塾先生的用物了,可能粗糙丑陋,未被红卫兵看中,故在砸砚焚书中免遭了大难。

今将砖砚细细察看,可见背面是一种布纹状,砚下方有一深槽,其中刻有"官近张"的字样,"张"字只有一半,下边还有什么字,不可得知。查询了一些人,认为这可能是一页什么人的墓砖,而砖发现时已破裂,是用锯取开来的。这推断是否正确,事实是不是如此,我不敢妄下结论。既然这样,这砚是别人从墓中挖出制成送给私塾先生的呢,还是私塾先生自己挖掘所制?

无论如何,这砖砚现在是我极珍贵的玩物了,我以刀子在上面刻了"不眠斋"。

六 酒壶

得到这把酒壶时,同时还得了一个水烟袋、一个葫芦。水烟袋是白铜的,工艺极其精致,在我所见过的水烟袋里,属叹为观止之物。大前年父亲六十寿辰,我送给他老人家了。据父亲讲,那烟袋在村里甚为轰动,家里每日都有人吸用的。为了让村中老人都能享受一番"饭后一锅烟,活似做神仙",每月家中要多买五斤兰州板烟丝的。葫芦是小到极点的一个玩意儿,上凸下凸,中间瘦细,上有一硬把儿,弯曲到了恰好。看上去,色黄中透白,如骨质,敲之叮叮作响。我从未将它启开,它始终给我的是一句神秘的俗语:"不知葫芦里卖的什么药。"这酒壶呢,几乎和葫芦一般大小,属宜兴壶一类。放它在案几上,有时瞧着,极像一个风度翩翩的电影大导演,因为它那弯把儿的壶盖,确像一项导演帽。有时瞧着,像是一位肥乎乎的小媳妇,一手叉了腰,一手指点着什么,因为很肥胖,本来一种很讨人嫌的恶媳妇的形象,却使人产生一种十分滑稽的效果而可爱了。

我是一个嗜酒好厉害的人,家里有几套酒具。平日来人,我们是用大酒壶的,而独自一人时,我就在这小酒壶里盛了酒,一边写文章,一边端起酒壶抿一口,一个中午四个小时过去,一篇文章草成,那酒壶里的酒就喝四个小时。因为心思迷醉于文章上,也从未注意过这小小酒壶怎么能喝够四小时。后有一位久年不见的朋友来,我们用起这小酒壶,喝过半晌,朋友就疑惑地看起这酒壶来,说:"壶里怎么还有?"我当时也吃惊了。遂想起古戏上有美人盅,一喝酒就能见盅里美人舞蹈;有蝴蝶杯,一对饮四季有蝴蝶

265

飞来,就笑着说:"喝吧,这是'海壶'!"

于是,我家有"海壶"之说就传开来,但凡朋友来喝酒,一定嚷着用"海壶"盛酒,果然都喝得十分尽兴。但一旦说:"完了!"那酒真个也就没有了。这怕是天机不可泄露吧。

一日,大人都上班了,小女儿从幼儿园回来,冰柜里放有酸梅汤,她怕不够喝,就将酸梅汤倒在小酒壶里独饮。没想手未捉紧,酒壶倒在桌上,壶盖在桌面上旋了几下,掉在地上就一碎两块了。这酸梅汤,小女儿不但没有多喝,反倒少喝也没有喝上,而我以后盛酒,再也没有奇迹出现了。

这酒壶如今在几案,于我也是一个瓮的闷葫芦了。

七　壁画

我小学的六年,是在老家的一座古庙里度过的,我常常想到那里的一切。那时,教室里一切十分简朴,甚至可以说是有些荒凉了。寺院的窗子原本是雕刻得十分讲究的木格窗,但窗格全断了,用芦苇秆扎着,糊着一层毛糙糙的麻纸;桌子是没有,每一排用土坯砌四个墩,上面架一个极宽极长的木板;寺房很高,没有天花板,我们做学生的上山挖了白土,涂刷了下面的一半,上面的一半刷不到,便全是画着奇奇怪怪的画,十分可怕。冬天里,学校的铃响得早,我们就在村里喊每一家的同学,一边吹着一个小火盆,一边相厮跟着往学校去。除了一个书包、一个火盆，每人还要提一个小凳，因为学校里的凳子是自备的。我家那时人多，共有七个不同年级的学生，我就没有凳子可带，腋下便夹一个大劈柴，去了要在前后的土坯墩上横搭了坐的。推开教室门，没有灯，我们也不点灯，也不点火，就开始闭了眼睛背唱课文。不睁眼睛是我们害怕那屋墙上端露出的那些画；一哇声地背唱下去，是想在一种歌咏旋律中迷醉而忘却冬天的寒冷，也忘却那一份对墙上端画的恐惧。

这样的生活度过了六年，我的语文和算术的成绩非常好，但墙上端的画却使我的神经从此受到了刺激，在后来十多年里，到任何寺庙里去，一见壁画就觉得头皮麻酥酥的。

小学毕业以后，我二十年里再没有去过那个学校，更没有去过那个教室。因为搞创作的缘故，我回老家搜集当地的民间传说，才知道小学所在的寺院古名为法性寺，是早年从村子前的丹江南岸搬移来的。丹江南岸的寺原名叫寄花寺，据说是王母娘娘经过这里，将头上的一枝插花寄存在这里而形成的。后来，丹江南移，危及寺院，方迁到北岸的高地。但为什么在南岸是寄花寺，迁北岸则成了法性寺，县志上对此也莫能其解。这寺院搬迁于何时，据说和村中的老爷庙、二郎庙几乎同时。老爷庙、二郎庙属陕西省重点文物而保护的，查县志方知是金人入侵时，朝廷割让大片土地，以此庙作为分界线建筑的。由此推论，这寺院也该是极远古的建筑了。

乙丑年八月，我再一次回到老家，路过小学校时，令我大吃一惊的是小学校一切都拆除了，偌大的一片高地上，新房已经一院一院建起，唯独我当年上课的那个教室还立在那儿。我急忙跑进去，教室门窗已被挖掉，里边塞满了稻草，一进去，腿上就沾上十几个跳蚤，顿时肌起疙瘩，奇痒难受。我问旁边人：学校怎么能拆除？回答是：这学校太破烂了，已经在塬上新盖了一所，这地方就卖给了村民，差不多都拆旧建新了。再问：这个教室怎么还在？再回答：已经卖给一家人了，很快就要拆掉的。我立在那里，喟然良久，一边为家乡终于有了一所新学校而高兴，一边也为竟将寺院全然拆除而惋惜，不觉以留恋的心情细细看起这间给我启蒙的教室。突然，我目光触到了墙上端的画，那三面墙皮已掉，唯西墙最上边的一角竟还存有一幅画。看着那画，我不觉笑了，那曾经使我毛骨悚然的画并不是非人非鬼非兽的东西，而是一幅小儿领路于老人的素描画。我立即到近旁人家借了一个长梯，爬上去小心翼翼将这幅画揭下来了。

这画装在一个相框里，就悬挂在我的书房了。

细观此画笔墨颜色，可以说，并不像是宋时所作。那老头十分富态，小儿十分活泼；小儿遥指什么，眉眼斜竖，老头凝目而视，眉眼不分。整幅画十分简括，笔画寥寥，意境高古。有一画家来看了，说可能是民国初年的作品，我是不服气的，但又不懂鉴别，无力论争。故专此又于丙寅三月回老家一趟,去找证据。回去时,那房已经全然拆除,幸好有一截木料还未搬走,正是中梁,上边用墨写着"乾隆十二年复修"的字样。这收获使我颇为激动,这壁画虽不是宋时作品,清代作品也是够有意思了。

这幅壁画挂在书房,它使我常常回忆起童年,我更珍惜起今日我读书习文的环境,更奋发起今后著书立说的自强精神。达摩面壁十年修成正果,我也企望面对这幅画使我的事业成功。

八　老子讲经石

这是一块石头,但确实是老子在讲经,或许是他坐得太久了,才化作这一尊缩小了几十倍的石头。

丙寅年五月,我在镇安县米粮乡的一条小河滩上走,走着走着,一低头就看见他了。我站在他的身边,凝视了极久,然后在河水里洗净了手,将他捧起来,虔诚地带回我的书房。

说他缩小了几十倍,这我不敢亵渎他,他高七指,宽五指,呈三角形。这三角形实在太好,三角点正是他坐在那里微微翘起的石膝,他是盘脚在坐着讲经,左膝安妥在下,长衫臃肿,似有褶皱。他坐得这么生动,传神的更是上边的那个三角点了。那是他的头部,头顶圆而饱满,面部稍凹,有无数皱纹,出奇的皆是白色,这白色沿着三角的两边线而下是两绺白胡须,头部正下则白色愈浓,蔓延下去,于胸部吧,胸部略高些,又款款再下,竟分散成六撮七撮直垂底部。石头的别的部位便全是蓝色。这不是老子是谁呢?说是齐白石也可,但齐白石没有这般高古;说是泰戈尔也可,但泰戈尔没有这般飘逸。且我一看见他就心神虔诚庄重,这就只是老子!

这尊老子讲经石,已经使所有到我这里的文友惊奇不已,皆要拿最珍贵的东西交换。我是不肯的。也常想,现在文坛,大家都热起老子了,而别人不可得我得,是我发现了老子呢还是老子发现了我? 三四年前,文坛上有一股"清除精神污染"风,因我读过几本老庄的书,便沸沸扬扬论我的不是。现在老庄红火,当年论我不是的先生也言之谈老庄了。这种怪人怪事怪风,人类有时是糊涂的,而老子既已做仙做神,神仙心中自会清楚。但是,老子使我得了老子讲经石,我也但愿我不至于是好龙式的叶公吧。

我遂将楼观台老子讲经处的一副对联记下,来做长久的解释:

𧶢𦨙𫝀𣗙𤺥𤲶𤕰

𥺀𠊧𠈻𣙕𣾣𠋫𤕦

意为"玉炉烧炼延年药,正道行修益寿丹"。

一九九〇年

270

"小说家的散文"丛书

《出入山河》　　　　　　李　锐　著

《青梅》　　　　　　　　蒋　韵　著

《写给北中原的情书》　　李佩甫　著

《星斗其文，赤子其人》　汪曾祺　著

《熟悉的陌生人》　　　　李　洱　著

《一唱三叹》　　　　　　葛水平　著

《泡沫集》　　　　　　　张　欣　著

《写给母亲》　　　　　　贾平凹　著

《无论那是盛宴还是残局》　弋　舟　著

《已过万重山》　　　　　周瑄璞　著

《众生》　　　　　　　　金仁顺　著

《如果爱，如果不爱》　　阿　袁　著

《故事与事故》　　　　　蒋子龙　著

《回头我就变了一根浮木》　潘国灵　著

《三生有幸》　　　　　　北　乔　著

（以出版时间先后排序）

图书在版编目(CIP)数据

写给母亲／贾平凹著.--郑州:河南文艺出版社,2020.10
(2022.5 重印)
(小说家的散文)
ISBN 978-7-5559-1016-9

Ⅰ.①写… Ⅱ.①贾… Ⅲ.①散文集-中国-当代 Ⅳ.①
I267

中国版本图书馆 CIP 数据核字(2020)第 106219 号

选题策划 陈　静
编　选 晓　尘
责任编辑 陈　静
书籍设计 刘婉君
责任校对 梁　晓
责任印制 陈少强

出版发行　河南文艺出版社
本社地址　郑州市郑东新区祥盛街 27 号 C 座 5 楼
邮政编码　450018
承印单位　河南瑞之光印刷股份有限公司
经销单位　新华书店
开　本　787 毫米×1092 毫米　1/32
印　张　9
字　数　172 000
版　次　2020 年 10 月第 1 版
印　次　2022 年 5 月第 3 次印刷
定　价　45.00 元

印厂地址　河南省武陟县产业集聚区东区(詹店镇)泰安路
邮政编码　454950　电话　0371-63956290